KB148312

와아~

욘니 지음

터닝페이지

나는 이 세상에 태어나길
정말 잘한 것 같다.

- 맞춤법과 표기는 국립국어원의 용례를 따랐으나 저자 고유의 글맛을 살리기 위해 일부 표기는 그대로 두었습니다.
- 영화와 노래 제목 등은 한글 발음, 혹은 한글로 번안된 제목으로 표기했습니다.

홍원기

내 이름은 홍원기다.

넓을 홍洪, 도울 원援, 터 기基.

내가 태어났을 때 우리 할아버지가 지어주신 이름이다.

나는 외가, 친가 양쪽 집안의 첫 손자이자 첫 조카로 태어났다. 장남 중의 장남으로 태어난 거다. 남들과는 조금 다르게 태어났지만 가족과 친척들에게 웃음과 즐거움을 선사하는 아이였다.

가만히 생각해보니까 늘 웃음과 즐거움을 주지는 못했다. 가끔 울음과 지랄을 선사한 적도 있다. 이모, 삼촌, 고모부, 할머니, 할아버지…… 많은 가족에게 사랑을 듬뿍 받으며 자랐다. 가족들의 사랑 덕분에, 대머리에 작은 키를 하고 있어도 나의 내면과 성격은 누구보다 단단하며 밝고 긍정적이다. 지금도 가족들에게는 여전히 많은 사랑을 받고 있다.

'욘니와치애' 유튜브 팬인 욘블링들에게도 관심과 사랑을 받고 있다. 겉모습은 띵까띵까 놀면서 단순 무식해 보이지만 나는 한다면 또 꽤 열심히 잘하는 사람이다. 심지어 이 책 『시간을 달리는 소년』을 완성시킨 사람이다. 30개가 넘는 주제의 글을 직접 썼고, 좋아하는 음악을 들으며 하나하나 글을 완성해냈다. 엄밀히 말하자면 작가인 셈이다.

사실 글을 쓰는 게 쉽지는 않았다. 하지만 내 인생에서 소중했던 사람들과 특별했던 일을 생각해볼 수 있는 아주 좋은 기회였다. 이 책을 위해 새로 쓴 글도 있고, 평소에 조금씩 써둔 글을 다시 다듬기도 했다.

이 책에는 내 소중한 사람들, 오래 기억하고 싶은 추억, 내 생각과 느낌이 생생하게 다 들어 있다. 내 인생의 단면들을 조금씩 모아서 담았다고 해도 과언이 아니다. 이 책을 많은 분이 읽어주었으면 좋겠다. 즐겁게 한 페이지 한 페이지 정성스럽게 읽어주길 바란다.

그리고 잊지 않았으면 좋겠다. 이 책을 읽는 당신은 아름다운 사람이라는 것을. 이 지구에 태어난 것이 의미 없지 않다는 것을. 인생은 한 번뿐이라는 것을!

마지막으로 내 이름으로 삼행시를 짓고 이 책을 시작하겠다.

홍, 홍원기는
원, 원기 회복이 가능하다.
기, 기를 모아 잠을 잔다!

차례

시간을
달리는

소년

　나는 시간을 달리는 소년이다. 어렸을 적 내가 나온 방송 〈휴먼다큐 사랑〉의 제목이 '시간을 달리는 소년 원기'였다. 어린 마음에 그 제목이 꽤 맘에 들었다. 무슨 의미인지도 모른 채 왠지 그냥 좋았다. 그리고 이제는 그 말의 의미를 아주 잘 알고 있다. 그래, 나는 시간을 달리는 소년이다. 나에게 주어진 시간은 남들과는 조금 다른 속도로 움직인다.

　평범하지 않은 아이로 태어난 나. 그런 나 때문에 엄

마 아빠는 내가 아기였던 시절부터 고생을 많이 했다. 몸도 마음도 다른 부모님보다 더 많이 힘들었다. 나는 아기 때부터 몸이 많이 약했다. 다리가 잘 굳고 피부가 잘 붉어져서 엄마가 하루에 두 번 목욕을 시켜주었다고 한다. 물론 나는 전혀 기억하지 못하는 일이다.

아빠는 내 병을 고치기 위해 이런저런 병원에 많이 다녔다. 그러다 내가 다섯 살이 되어서야 병명을 정확히 알 수 있었다. 내 병명은 '소아조로증'. 당시 엄마 아빠는 춘천에 있는 병원에서 내 병에 대해 알게 되었다고 한다.

그때의 나는 아주 어리고 아무 생각도 없는 아기였기 때문에 당연히 의사의 말을 알아듣지 못했다. 하지만 부모님은 달랐다. 소아조로증이라는 나의 진단명을 듣고 두 분은 너무도 큰 충격을 받았다. 게다가 소아조로증 환자의 평균수명은 12세. 의사 선생님께서 이 병을 가진 아이들은 오래 살지 못한다고 얘기해주었다.

당시 선생님도 이 병을 앓는 사람을 실제로는 처음 본다고 말씀하셨다는 걸 보니, 내가 아주아주 희귀한 병을 가진 거다. 엄마 아빠는 나를 위해 이미 고생을 많이 했는데, 정확한 병명을 듣고 나서부터는 더욱더 많은 노력을 했다.

그럼 나는 어땠을까? 솔직히 아무것도 모르는 나는 마냥 웃으며 살았다. 내 병에 대해 제대로 알게 된 건 나이를 더 먹고 초등학교 1학년이 되어서였다. 또래 친구들이 나를 보고 자꾸만 "쟤 아픈 거 같다" "이상하네, 머리카락이 없어" 이런 소리를 했다.

명확한 이유는 모르지만 궁금했다. 친구들이 왜 나를 이상하게 쳐다보는지, 왜 나에게 그런 이야기를 자꾸 하는 건지. 그리고 정말 내가 아픈 건지.

하루는 엄마에게 물었다.

"엄마, 애들이 자꾸 나보고 아픈 애래. 그리고 머리카락이 없다고 뭐라 하는데…… 나 정말 아픈 거야?"

"네가 소아조로증이라는 병을 가지고 있어서 그래."

엄마는 덤덤하게 얘기를 해주었다.

궁금증이 해결되었다. 사실 엄마 말을 듣고 크게 충격을 받거나 좌절하지는 않았다. 그냥 내가 평범한 아이들과 왜 다른지, 머리카락은 왜 없는지가 궁금했을 뿐이다. 엄마의 설명을 듣고 '내가 병을 가지고 있다는 것', 또래 친구들과는 '다르다는 것'을 알게 되었다.

그 후로도 병이 있다는 사실을 알기 전과 큰 차이 없이 하루하루를 살아갔다. 솔직히 지금도 평소에는 나에게 병이 있다는 생각을 하지 않는다. 남들처럼 평범한 하루를 보내고, 하고 싶은 일을 하며 즐거움을 느끼고, 웃고 울고, 적당히 게으르게 적당히 열심히, 그렇게 지낸다.

하지만 가끔 번뜩 정신을 차리게 될 때가 있다. 다른 사람들의 부정적인 시선이 느껴질 때, 또는 놀림을 받을 때 '아, 맞다' 하고는 그제야 내가 병을 가지고 있다는 사실을 새삼 인식한다.

그럴 때면 자신감이 크게 떨어지기도 하고 우울한 기분이 들기도 한다. 나도 사람이니 내가 병이 있다는 사실을 완전히 잊을 수는 없다. 다른 사람의 시선이 신경 쓰이는 것도 사실이다. 하지만 또 금세 괜찮아진다. 잠깐 주춤거리다가 금방 회복해서 '병을 갖고 있지 않다'라고 믿는 상태로 돌아온다.

이건 모두 가족 덕분이다. 병이 있다는 것을 스스로 받아들일 수 있도록 알려주었고, 병에 대한 이야기를 금기시하거나 전전긍긍하지 않아서다. 그리고 천성적인 건지 가족 덕분인지, 나는 꽤 밝고 긍정적인 사람이다. 자라면서 점점 더 그렇게 되어가고 있다.

아주 가끔 내가 병을 앓고 있다는 사실에 감정이 흔들릴 때도 있지만 대체로 하루하루를 즐겁게 살아가고 있다. 병과 함께 살아가는 게 너무나도 자연스러운 일상이 되었다. 그리고 어느새 소아조로증의 평균수명을 뛰어넘어 열여덟 살 청소년이 되었다. 2년 뒤면 성인이다. 아주아주 기대된다. 더 자라서 어른이 될 나의 모습이!

시간을 달리는 소년인 나는 남들과는 조금 다른 시간을 살아간다. 신체 나이의 시간으로 따지면 평범한 사람들보다 여섯 배 빠른 시간을 달리고 있다. 요즘에는 몸이 금방 지치고 힘들 때도 많다. 잠을 충분히 잤는데도 계속 졸릴 때도 있다. 그래서 내 몸을 지키기 위해 약을 먹는다. 콜레스테롤 수치를 낮추는 약과 중성지방 수치를 낮추는 약, 두 가지를 복용한다. 약을 먹은 초기에는 약간의 부작용으로 근육통이 좀 있었지만 금방 적응해서 지금은 괜찮다. 역시 나는 놀라운 적응력의 소유자다.

'시간을 달리는 소년'이라고 해서 시간을 효율적으로 쓰는 편은 아니다. 혹시 내가 시간을 쪼개서 남들보다 여섯 일곱 배 바쁘게 압축해서 살 거라고 오해하지 말기를. 사실 시간을 안 달리는 수혜가 드럽게 열심히 살고 나는 그냥 평범하게 산다. 게임하기, 재미있는 프로그램 보기, 요즘 덕질 중인 뉴진스 영상 보기, 〈가면라이더〉 완구 사기 등 아주 평범한 일들로 내 일상이 채워진다.

물론 열심히 살 때도 있다. 강연도 하고, 아빠와 함께 다양한 사람을 만나 대화를 나눌 때도 있고, 가끔은 방송 출연도 한다. 또 유튜브 촬영을 위해 꽤 멀리 다녀올 때도 있고, 지금은 이렇게 책을 쓰고 있다. 집에서 느긋하게 보내는 평범한 일상도 좋지만 열심히 활동하며 일할 때도 좋다. 뿌듯한 기분이 들기 때문이다.

그렇게 하루를 열심히 산 다음 날에는 아주 실컷 제대로 쉰다. 열심히 일하고 나서 마음껏 자유를 누리는 삶, 행복하지 않을 수가 없다.

내 삶의 시간이 남들보다 빠르게 흘러간다곤 하지만, 그 시간 속에도 느림과 빠름이 있다. 어떻게 보면 나의 시간은 바다를 닮았다. 미친 듯이 몰아치는 파도처럼 빠르게 흘러갈 때도 있고, 잔잔하게 일렁이며 천천히 흐를 때도 있다. 게임할 때는 몰아치는 파도다. 겨우 한두 판 했을 뿐인데 엄마 아빠의 경고음이 들린다. 공부를 하거나 하기 싫은 일을 할 때는 아주 천천히 흐른다.

그렇게 남들과 크게 다르지 않은 날들을 살다가도 가끔 죽음을 생각할 때가 있다. 어렸을 때는 죽음을 생각하면 무섭고 낯설었다. 지금은? 솔직히 지금은 그냥 덤덤하다. 다만 죽음이 떠오를 때면 이런 의문이 생긴다.

'사람은 왜 죽을까?' '정말 죽는 걸까?' '세상을 떠날 때 어떤 느낌일까?'

　가끔은 차 안에서 낮잠을 자다 갑작스레 깰 때가 있는데, 그럴 때 '죽음이라는 게 이런 느낌일 수도 있겠구나' 하고 생각해본다. 요즘은 몸이 썩 좋은 편이 아니라서 피로가 쉽게 찾아오고 금방 잠이 들곤 한다. 스르륵 잠이 들었다가 불현듯 잠에서 깨어나면 갑자기 주변이 낯설고 살면서 한 번도 느껴보지 못한 느낌이 들곤 한다.

　하지만 두렵지 않다. 그 느낌을 자연스레 받아들이고 마음에 오래 담아두지 않는다. 그냥 '잠깐 스치고 지나가겠지' 하며 흘려보낸다. 그러고는 아무 일도 없었다는 듯 나는 다시 핸드폰을 만지작거린다. 잠깐 낮잠을 자는 것처럼, 항상 따라다니는 그림자처럼, 죽음은 우리와 아주 가까이 있다. 그리고 어쩌면 그렇게 스쳐가는 것인지도 모르겠다.

　깊은 밤, 잠을 잘 때면 죽음은 더욱 가까이 온다. 하지만 심각해지지는 않는다. 잠에서 깨 새로운 하루가 시작될 때면 오줌이 마렵다. 그래서 얼른 일어나서 화장실로 달려가고, 다시 침대로 돌아와 남은 잠을 잔다. 그러다 너무 오래 누워 있었다 싶을 때 일어나서 다시 시작하는 나의 하루. 그렇게 오늘의 시간을 시작한다.

이것이 바로 시간을 달리는 소년의 삶이다. 아주 평범하고 일상적인 삶. 사소하고 작은 것에 크게 기뻐하고, 열심히 산 하루에 뿌듯해하고, 내 뒤에 그림자처럼 붙어 있는 죽음을 받아들이고, 다시 그것을 잊는다. 지금, 오늘을 한 걸음 한 걸음 나아갈 뿐이다.

나는 시간을 달리는 소년이다.

이제
시작이다,

욘새로이

"내 인생 이제 시작이고 난 원하는 거 다 이루면서 살 거야."

내가 정말 좋아하는 드라마 〈이태원 클라쓰〉에 나오는 대사다. 박새로이가 이 말을 할 때 내 가슴에서도 뭔가가 꿈틀거렸다. 그래서일까? 이 드라마는 나에게 무한 동기부여가 되는 인생 드라마다. 마음이 가라앉을 때면 다시 용기를 낼 수 있게 해주는 친구 같은 드라마다.

〈이태원 클라쓰〉는 엄마의 추천으로 보게 되었다. 점심에 치킨을 먹으며 1화를 보기 시작했다. 재미있는 스토리와 사이다 전개로 2화까지 내달리고 나서 다음 화를 기다렸다. 우리 가족은 거실에 모여 재미있는 드라마나 영화를 함께 본다. 뇌피셜로 다음 스토리를 예측하거나 캐릭터에 대한 대화를 나누기도 한다. 이게 함께 보는 재미다.

〈이태원 클라쓰〉는 완전 취향 저격 드라마였다. 본 사람들은 다 알겠지만 그래도 잘 모르는 사람들을 위해서 간단히 스토리를 얘기할까 한다.

주인공 박새로이의 아버지는 대한민국 요식업계 1위인 '장가'에서 일했고, 아들 박새로이는 장가 회장의 아들과 같은 학교에 다녔다. 회장 아들은 아주 못된 놈이어서 친구들을 자주 괴롭혔는데, 그 모습을 본 박새로이는 결국 참지 못하고 선의의 주먹을 날린다. 나쁜 놈을 응징하는 그 장면에 꽂혀서 나는 채널을 고정해버렸다.

새로이는 회장 아들의 죽빵을 통쾌하게 날려버렸고 그로 인해 아버지는 그만 직장을 날려버렸다. 회사에서

쫓겨난 것이다. 밥줄이 끊긴 아버지와 박새로이는 그런 현실에 분노하거나 절망하지 않는다. 대신 작은 가게를 차리고 다시금 행복한 삶을 꿈꾼다.

하지만 세상은 그들이 편히 살게 놔두지 않는다. 회장 아들이 낸 교통사고로 새로이의 아버지는 세상을 떠나고 만다. 분노한 새로이는 회장 아들을 죽이려 하고, 결국 살인미수로 교도소에 수감된다. 그때부터 주인공 새로이는 분노와 복수심을 연료 삼아 새로운 꿈을 꾼다. 바로 장가를 무너뜨리는 것.

새로이는 교도소에서 나와 작은 가게 하나를 차린다. 처음에는 어설펐고 손님도 많지 않았으며 생각지 못한 어려움에 계속 부닥치게 된다. 교도소에서 같이 있었던 최승권은 식당 운영이 힘들어지자 모든 걸 포기하려 들지만 새로이는 결코 포기하지 않는다. 그 과정에서 서로 투닥거리며 싸우는데, 이때 나오는 명대사가 있다. 내가 제일 좋아하는 바로 그 대사.

"내 인생 이제 시작이고 난 원하는 거 다 이루면서

살 거야."

그 장면을 TV로 보고 있던 나는 왠지 모르게 울컥했다. 눈에서 나오는 게 땀인지 물인지. 어쨌든 그 대사가 계속 맴돌았고 나도 뭔가를 해보고 싶다는 마음이 들었다. 하지만 당시 나는 중2 애송이. 솔직히 뭐 대단한 걸할 수는 없는 나이였다. 그저 드라마를 재미있게 보고 그때의 울컥함과 웅장함을 드라마와 함께 마음에 담았다.

사실 〈이태원 클라쓰〉에서 내가 제일 좋아하는 캐릭터는 조이서다. 극 중 조이서는 다재다능한 천재에 소시오패스 성향의 캐릭터였는데, 김다미 배우가 너무 매력적인 데다 연기를 잘해서 몰입감이 쩔었다. 무엇보다 인플루언서라는 설정이 내 관심을 끌었다.

그들이 운영하던 평범한 가게 '단밤'은 조이서가 들어오고 나서 완전히 달라지기 시작한다. 가게의 분위기, 메뉴, 홍보마케팅 전략까지 젊은 고객층에 맞춰 완전히 트렌디해진다. 조이서의 합류로 단밤은 승승장구 잘나가는 대세 가게가 된다.

결국 새로이의 계획대로 장가의 회장 장대희가 제 발로 단밤을 찾아온다. 장대희는 단밤의 음식을 먹고서 이렇게 말한다.

"포기하고 적당히 살아!"

새로이가 대답한다.

"포기하고 적당히…… 안 됩니다."

크으~ 소신과 패기에 찬 새로이의 대답. 그 멋짐이 또다시 내 마음을 웅장하게 만들었다.

본격적으로 새로이의 복수가 시작되고 다양한 에피소드들이 나온다. 웃긴 부분도 있고 누구나 공감할 만한 이야기도 있으며 눈물 나는 장면도 있다. 그리고 마침내 새로이는 자신에게 악인이었으며 목표였던 장가를 무너뜨리고, 요식업계의 정점을 찍어 대한민국 1등이 된다.

드라마가 진행되는 내내 장가의 회장은 새로이와 팽팽하게 맞서며 엎치락뒤치락한다. 이런 게 명작의 묘미라는 생각이 든다. 주인공을 괴롭히는 빌런은 끈질긴 생명력으로 죽지 않고 끝까지 버티다 마지막에 처참하게 무너져야 한다. 그래야 주인공의 승리가 더 짜릿하게 다가오니까.

악인이 무너지고 새로이가 승리하는 결말에서는 그야말로 내 속이 뻥 뚫릴 정도로 통쾌하고 시원했다. 이런 걸 어려운 말로 '카타르시스'라고 하던가? 아마 현실에선 늘 착한 사람이 승리하는 건 아니기에 이런 드라마가 주는 통쾌함이 더 큰지도 모르겠다.

복수를 위해서였지만, 우여곡절을 겪으며 박새로이가 성공을 향해 달려가는 모습에서 특히 마음에 남았던 점이 있다. 자신의 꿈을 위해 누군가를 짓밟고 올라가지 않는다는 점이다. 다른 사람의 희생을 딛고 일어서는 성공은 진정한 성공이 아니기 때문이다. 새로이는 함께하는 사람들과 힘을 모아 현실을 헤쳐나가고 실력을 증명하며 마침내 정상을 찍는다.

사실 처음 볼 때만 해도 그저 재미있는 드라마라고만 생각했다. 하지만 그 후로 몇 번 더 보면서 안 보이던 것들이 보이고 처음 볼 때와는 또 다른 느낌으로 다가오는 부분이 있었다. 그렇게 〈이태원 클라쓰〉는 나의 인생 드라마가 되었다.

　나도 점점 나이가 들면서 키도 크고 경험과 지식도 쌓이고 생각도 달라졌다. 그리고 나에게도 큰 꿈이 생겼다. 주위 사람들과 나를 둘러싼 환경이 나를 만들어주고 꿈을 꾸게 해주었다. 박새로이처럼!

　지금 내 꿈은 100만 유튜버다. 그것만이 아니다. 이 책이 잘돼서 100만 부를 찍는 것 또한 내 꿈이다. 꿈이 이루어지길 바라지만 그러지 못할 수도 있다. 때론 원하는 걸 이루지 못한 채 살아갈 수도 있는 게 인생이다.

　결과와 상관없이 언제나 나는 가능하다고 믿는다. 시작도 하기 전에 불가능부터 생각할 필요는 없으니까. 무엇보다 내 좋은 사람들이 나를 강하게, 단단하게 만들어준다. 그러니 가능하다고 생각하지 못할 이유가 없다.

　내가 가지고 있는 병 또한 나에게는 도전이다. 나는 소아조로증을 앓는 이들의 평균수명을 돌파해버렸다. 병을 이겨내고 앞으로 나아가는 것처럼, 내 꿈도 이뤄질 거라 믿는다. 누군가를 짓밟고 올라가는 것이 아닌, 나 또한 새로이처럼 소신과 패기로 목표를 향해 올라갈 것이다. 함께하는 사람들을 소중히 여기면서.

또 다른 욕심도 있다. 최대한 많은 사람을 만나고 싶다. 내가 좋아하는 연예인들뿐 아니라 평범한 사람들도 많이 만나고 싶다. 사람들이 가진 꿈에 대한 이야기를 듣고, 희망과 용기를 나누고 싶다. 나랑 똑같은 병을 가진 친구들도 만날 기회가 있다면 좋겠다. 그들과 소통하면서 마음을 나누고, 내가 할 일이 있다면 자그마한 도움이라도 주며 길을 열어주고 싶다. 그렇게 욘새로이의 길은 이제 시작이다.

내 인생 이제 시작이고 난 원하는 거 다 이루면서 살 거야!

나도
잘하는

일이 있다!!

    나는 학교에 다녔을 때 공부를 정말 못했다. 초등학교 시절까지는 그나마 가능성이 있었는데 중등과정에 접어들면서 공부에 대한 가망이 완전히 없어졌다.

    어렸을 때는 학생 신분으로 살았기 때문에 하기 싫든 좋든 학교 숙제, 공부 등을 해야만 했다. 그런데 내 머리가 문제인 건지 정말 쉬운 문제, 아주 기초적인 문제들도 풀기가 어려웠다. 어떤 느낌이냐면⋯⋯ 문제 자체가 이해가 잘 안 되고 문제를 풀려면 머리가 아프기 시작하면서 답답하고 숨이 안 쉬어지는 그런 느낌이랄까?

그래도 초등학교 2학년 때까지는 그리 나쁘지 않았다. 그 싫어하는 수학도 꽤 했던 것 같은데, 3학년이 되고부터 완전히 달라졌다. 공부에 대한 브레이크가 딱 걸려버렸다. 아마도 공부에 대한 1차 브레이크가 걸린 시기가 이때일 거다.

엄마는 그걸 알고 구몬 학습지를 신청했다. 기초라도 잡혀야 공부 진도를 따라갈 수 있다고 생각했기 때문이다. 물론 나는 매우 귀찮아했다. 수학, 국어, 영어, 과학, 한자 이렇게 다섯 과목 학습지를 열 장씩 풀어나가야 했다. 초반에는 밀리지 않고 학습지를 풀려고 나름 노력했다. 하지만 시간이 흐를수록 내 의지와 달리 점점 밀리는 날이 많았다. 구몬을 해본 사람들은 잘 알 거다. 학습지가 한번 밀리기 시작하면 도저히 막을 수 없다는 것을……

며칠만 미루면 어느새 40~50장 정도가 쌓이고, 주말이면 밀린 학습지를 한꺼번에 다 풀어야 했다. 분량은 많은데 도저히 진도는 안 나가고, 너무 짜증이 나서 꼼수를 부리곤 했다. 학습지 몇 장을 조금씩 뜯어내서 쓰레기통에 버리거나 밖으로 던져버렸다. 하지만 눈치가 인간의 영역을 벗어난 엄마는 바로 알아차렸다. 후~ 손발이 떨리고 오금이 막 저렸다.

구몬 학습지를 계속 풀려고 했지만 내게는 너무 힘들었고 공부 부담만 늘어났다. 게다가 내용이 잘 이해되지 않으니 공부 자체가 머리에 들어오지 않았다. 울고불고 난리를 쳐서 겨우 그만둘 수 있었다. 내가 공부를 못해서 그렇지 사실 구몬은 기초를 잘 잡아주는 문제집이라고 생각한다. 분명 도움이 되는 친구들도 있을 것이다. 하하! 결국 초등학교 4학년 때 구몬 학습지를 그만두기로 했다.

공부 쪽에는 답이 없다는 걸 느낀 시점은 중등과정을 시작하면서부터다. 그때 공부에 2차 브레이크가 걸렸다. 초등과정(대안학교는 초등과정, 중등과정으로 나뉜다)에 다닐 때까지는 친구들과 노는 것도 좋고, 학습 진도도 그냥저냥 따라갔다. 하지만 중등과정이 되니 달랐다. 수업을 한두 번 놓치면 그다음부터는 따라갈 수가 없었다.

수업 내용이 이해되지 않았다. 한번 진도를 놓치면 격차는 더 벌어졌고 나는 공부에서 더 멀어졌다. 그리고 결정적인 사건이 있었다. 수학 시험 점수 2점! 채점지를 보고 그야말로 좌절해버렸다. 나름대로 열심히 시험 공부를 했다고 생각했는데, 문제 하나만 맞고 다 틀린 걸 보며 펑펑 울었다. 그렇게 열네 살 때 나는 '수포생'이 되었다.

중등과정부터 학교에 자주 등교하지 못했다. 몸이 점점 더 안 좋아졌고, 아침에 눈떠지는 시간이 점점 늦어졌다. 늦게 일어나 아침을 먹고 나면 점심때가 되어버렸다. 그렇게 등교를 하면 거의 2시. 문제는 4시 전에 수업이 끝난다는 사실이다. 이건 뭐 등교하자마자 하교니…… 어떻게 해야 할지.

이런 일들이 반복되면서 학교에 나가지 않는 날이 늘어갔고, 그러다 코로나 팬데믹까지 겹쳐버렸다. 온라인 수업을 하면서 점점 더 학업이 밀리기 시작했다. 오프라인 수업 때도 진도를 따라가지 못해 힘들었는데 줌 수업에 집중하기란 정말 어려웠다.

솔직히 고백해야겠다. 온라인 수업에 집중하는 척하며 게임이나 딴짓을 한 적도 있었다. 후, 선생님 죄송합니다. 어쨌든 공부에 재미를 못 느끼니 학업에 계속 뒤처졌고, 그 과정에서 학교도 자주 빠지며 나는 공부에서 완전히 멀어졌다. 그래도 아빠는 내가 계속 학교에 다니기를 바랐다.

"야, 공부는 못 따라잡아도 친구들은 계속 봐야지. 그냥 학교 다녀라."

그런데 의외로 엄마는 과감하게 그만 다니자는 쪽이었다.

"원기야, 네 마음이 그렇다면 학교를 그만두는 게 어때?"

평소의 엄마와 전혀 달랐지만 난 엄마의 말이 반가웠다. 역시 엄마는 결정적일 때 내 맘을 대변해준다. 아빠는 이런 상황에서 눈치 없이 자꾸만 그래도 학교에 다니면 어떻겠냐고 했다. 내 기억으로는 아빠도 학교 다니는 걸 정말 귀찮아했다고 한 것 같은데…… 나에게만 강요하다니 참 고약하다고 생각했다.

계속 엄마 아빠와 이야기를 나누며 어떻게 해야 하나 고민했다. 그 당시 담임선생님이었던 은종 쌤에게 내 고민을 말씀드렸다. 며칠이 지나고 연락이 왔다. 학교와 선생님은 최대한 내 편의를 고려해 맞춰주시겠다고 했다. 등교하고 싶을 때, 또 할 수 있을 때 나오라며 배려해주셨다. 너무 감사했고 감동했다. 그래서 복잡했던 마음이 한결 나아졌다.

그렇게 학교에 갈 수 있는 상황이 될 때 가끔 등교를 했다. 일단 중학교 과정까지는 통과해야겠다는 생각에 중등과정 검정고시를 치르기로 했다. 나름대로 열심히 공부했다. 같은 기출문제집을 두 번이나 반복해서 풀었고 곁에서 엄마가 많이 도와줬다.

코로나 기간이라 마스크를 쓰고 시험을 봐야 했다.

그렇다면 내 시험 결과는? 다행히 턱걸이로 합격했다. 그렇게 중등과정 검정고시 이후로 공부는 내 인생에서 끝이 났다. 사실 형식상 자퇴를 안 했을 뿐, 체력도 그렇고 내 할 일을 하느라 학교에 가는 날이 며칠 되지 않았다. 그래서 사실상 자퇴를 했다는 표현이 맞다.

그런데 자퇴를 하니까 문제가 좀 생겼다. 내 일상생활이 엉망이 되어버린 것이다. 틈만 나면 유튜브 보고 게임하고, 너무 풀어져버렸다.

이런 나를 보고 아빠는 분통을 터뜨렸다.

"원기야, 너 이럴 거면 다시 학교에 가!"

"아니, 이미 결정한 일을 왜 번복하자는 거야!"

아빠의 잔소리에 순간 열이 확 올랐다. 솔직히 나도 계속 이래서는 안 된다는 생각을 하고 있었다. 그러던 차에 아빠가 잔소리를 하니까 기분이 잡쳐버린 거다.

다시 학교에 들어가기에는 여러 문제가 있었다. 일단 공부를 안 하면서 나는 학업에서 더 멀어졌다. 진도도 밀렸고 내가 따라가기에는 학업 난도가 너무 높았다. 게다가 그때 난 질서 없는 자유에 허우적대며 잠시 방황하고 있었다.

사실 자퇴하고 난 뒤 한동안은 좋았다. 일어나고 싶을 때 일어나고 먹고 싶을 때 먹고…… 자유로웠다. 하지만 그런 날들이 반복되니 불안감이 들기도 했다. 시간을 낭비하며 방구석 폐인(?)으로 산다는 느낌이 들었다. 학교에 안 간다고 해서 이렇게 엉망으로 살아도 되는 걸까?

불안과 고민이 계속되었다. '학교를 다시 다녀야 하나?' '아, 이제 와서 새삼스럽게 뭘.' '아니, 근데 집에서 내가 하는 게 거의 없잖아…… 으아아아아 어떡하지?' 회전목마처럼 이런 고민들이 계속 빙빙 돌고 돌았다. 사실 아빠의 말처럼 이럴 거면 다시 학교로 가는 게 맞다는 생각도 들었다.

그런데…… 내 유튜브 채널도 포기할 순 없었다. 계속해서 구독자가 느는 중이었고 영상을 기다리는 팬들도 있었기 때문이다. 학교생활과 유튜브 활동을 병행하기엔 내 체력이 받쳐주지 않았기에 하나를 선택해야 했다. 오랫동안 신중하게 여러 고민을 하며 시간을 보낸 후, 드디어 선택했다. 유튜버로 살아가기로 결정한 것이다.

계속 생각해보니 나도 잘하는 것들이 몇 가지 있었다. 말하기, 피아노, 유튜브 등. 말을 잘한다는 건 유튜브를 시작하기 전에 알았다. 다양한 사람을 만나 이야기할 일들이 있었고, 간혹 아빠가 강연하러 갈 때면 같이 가 많은 사람 앞에 서서 자기소개를 했다. 또 그곳에서 내 피아노 연주를 들려드리기도 했다.

그런 기회들을 통해 나는 내가 좋아하는 일을 잘할 수 있는 사람이라는 것을 깨달았다. 고민이 해결되어서 다행이었고, 그간 내 하소연을 들어준 엄마와 아빠에게 감사했다(이 글에서 처음으로 감사의 마음을 전한다).

수혜도 올해 자퇴를 했다. 그래서 나는 수혜와 함께 영상을 하나 찍기로 했다. 그 영상은 바로 자퇴에 대한 것이었다. 사실 아직 우리나라에는 '자퇴생'이라는 말에 좋지 않은 시선을 가진 사람들이 있어서 망설여지기도 했다. 하지만 나보다 더 과감한 수혜가 밀어붙였다.

수혜는 나와 완전 반대의 경우다. 수혜는 공부도 정말 열심히 하고 시간도 아주 잘 활용한다. 그런데 수혜는 '이렇게 공부를 하는 게 정말 내가 해야 할 일인가' 하는 깊은 고민에 빠졌고, 꿈을 위해서 과감하게 자퇴를 결심했다.

수혜의 꿈은 모델이다. 단지 무대에 서는 모델만이 아니라, 직접 콘텐츠를 만들고 그 콘텐츠 안에서 나와 수혜가 주인공이 되어 활동하는 그런 모델을 꿈꾸고 있다. 그렇게 우리는 자퇴생 남매가 되었다.

어떻게 보면 우리는 남들보다는 조금 빠르게 해야 할 일을 찾았다고 할 수 있다. 이렇게 조금 빠르게 자기 꿈과 일을 찾는 사람도 있지만, 조금 늦게 혹은 아주 많이 늦게 찾는 사람들도 있다. 그래서 마음을 급하게 먹지 않았으면 좋겠다. 남들과 똑같을 필요도 없고 정해진 시기도 없다고 생각한다. 엄마 아빠는 내가 이런 병을 가지고 태어났어도 내 의지대로 자유롭게 살 수 있도록 해주었다. 동생 수혜에게도 마찬가지다.

학교에 다니고 공부하면서 자기 꿈을 찾을 수도 있다. 하지만 학교생활이 너무 힘들거나 공부가 어렵다면 다른 일들을 찾아볼 수도 있다. 모든 사람이 똑같은 방식으로 살아야 하는 건 아니다. 하고 싶은 일을 찾았다면 자기 의견을 정확하게 말하는 게 맞다고 생각한다.

불안함은 잠시 내려두고 용기를 내어 외쳐보자. 나도 잘하는 일이 있다!

기묘~~~한
우리 가족을

소개합니다

우리 가족은 반려견 콩이를 포함해 총 다섯 명이다.
나는 누구인지 알 테니 생략하고 다른 가족들을 좀 소개
해볼까 한다.

먼저 우리 엄마부터 소개해야겠다.

엄마 이름은 이주은이고, 1979년생이다. 나처럼 음
악을 좋아하고 피아노를 잘 친다. 그리고 TV 보는 걸 매
우 좋아하는데, 마음에 드는 드라마가 있으면 그걸 반복
해서 보곤 한다. 가끔은 엄마가 권해주는 드라마를 가족

들과 같이 보며 이런저런 이야기를 나누기도 한다. 내 인생 드라마 〈이태원 클라쓰〉도 드라마 장인인 엄마에게 소개받았다.

엄마 하면 제일 먼저 떠오르는 건 청소다. 청소는 엄마와 떼려야 뗄 수 없는 관계에 있다. 다른 집 엄마들도 그렇게 열심히 청소를 할까? 아무튼 엄마는 청소에 신경을 많이 쓰는데, 솔직히 청소를 좋아하는 건지 싫어하는 건지 구분이 잘 안 된다. 집 안이 깨끗해지면 웃음을 보이고 집 안이 개판이 되면 마치 자아가 두 개인 것처럼 화와 짜증을 동시에 낸다. 거의 '지킬 앤 하이드' 급이다.

그리고 엄청난 속도로 집 안의 모든 쓰레기와 잔짐을 치우고 정리해낸다. 그러고 보니 엄마가 청소를 좋아하는 건 아닌 게 분명하다. 엄마가 좋아하는 건 청소가 아니라 청소가 잘된 깨끗한 집인 거겠지?

엄마는 요리도 잘한다. 맛난 음식을 뚝딱 만들어낸다. 어디서 배운 적도 없는데 그림도 꽤 잘 그린다. 엄마가 그린 그림 중에는 엄마 특유의 예민함과 따뜻함이 동시에 느껴지는 그림들이 있다. 가끔 그림 그리는 엄마를 보고 있으면 또 다른 엄마의 모습을 엿볼 수 있다. 우리 엄마는 이렇게 재주도 많고 언제나 부지런하게 움직이며 쉬지 않는다.

"근데 엄마, 짜증만 덜 내면 좋겠어. ^^ "

두 번째 소개할 사람은 바로 아빠.

아빠는 1977년생이고 이름은 홍성원이다. 엄마랑은 완전히 반대 성격이다. 정말 어처구니가 없는 건, 우리와 차원이 다른 예상치 못한 행동들을 할 때가 있다는 거다. 자, 이제부터 아빠의 특징들을 알아보자.

이건 내가 매우 싫어하는 점인데, 운전할 때 아빠는 라디오를 크게 틀어놓는다. 귀가 예민한 나로서는 정말 시끄럽고 짜증이 치민다. 아빠는 차를 타고 목적지로 출발하기 전, 맥도날드 드라이브 스루에서 카페라테와 버거 하나를 시키는 것도 좋아한다. 먹을 거 쟁여놓는 것도 아주아주 좋아한다.

아빠는 축구 광팬이라서 프리미어 리그 경기를 굉장히 자주 본다. 하루는 욕실에서 씻고 있는데 아빠의 괴성이 들려왔다. 자기가 응원하는 팀이 골을 못 넣어서 난리를 치고 있었다. 왜 저러나 싶다가도…… 나도 좋아하는 취미가 있기 때문에 그러려니 하고 넘어간다.

아, 그리고 정말 신기한 점이 있다. 아빠는 잠을 자다가 깨면 가끔 가족을 못 알아볼 때가 있다. 잠결에 나를 보고는 "누구세요?" 할 때는 정말 어이가 없다. 예전에는 많이 웃겼지만, 자주 그러니까 이제는 좀 지겹다.

하지만 아빠가 초인 같을 때도 있다. 위기 상황이나 위험한 상황이 오면 언제나 해결사가 되어주기 때문이다. 아무리 힘든 상황이어도 아빠는 어떻게든 방법을 찾아내고야 만다. '아빠가 뭘 잘하지?' 하는 생각이 들 때가 종종 있는데, 가족에게 위기나 어려움이 찾아올 때면 언제나 아빠가 우리를 다시 일으켜준다. 그리고 폭발적인 힘이 나온다. 그게 아빠가 제일 잘하는 일이고, 그때가 제일 멋있다.

"아빠, 운전할 때 제발 라디오 볼륨 좀 작게 틀어!"

세 번째로 여동생 수혜를 소개하겠다.

2008년생이고 올해 열여섯 살이다. 자신의 꿈인 모델이 되기 위한 준비를 하느라 굉장히 열심히 살고 있다. 성격은 나랑 정반대다. 수혜는 굉장히 고집이 세다. 자기가 원하는 일이나 한번 마음먹은 일은 절대 포기하지 않는다. "이제 그만해도 돼"라고 말해줘도 멈추지 않는다. 엄마 아빠 머리에 뿔이 나야 정신 차리는 그런 녀석이다.

수혜는 키가 굉장히 커서 지금은 180센티미터가 넘는다. 나는 늘 함께 지내니까 익숙해서 잘 느끼지 못하는데 다른 손님들이 집에 오시면 수혜를 보고 굉장히 놀라워한다. 내 친구들보다도 더 크기 때문에 수혜를 부러워하는 애들도 있다. 게다가 힘도 고집만큼 세다. 아빠나 엄마가 간지럼을 태우거나 장난을 치면 발길질을 하는데 힘이 대단하다. 통뼈인 데다 워낙에 기럭지와 다리가 길어서다.

집에서 수혜를 볼 때는 항상 우러러봐야 한다. 그래

서 수혜가 앉고 내가 서 있는 상태에서 이야기를 나누곤 한다. 그러다가 밖에 나가면 목이 편안해짐을 느낀다. 굳이 우러러보지 않아도 충분히 대화를 할 수 있는 높이의 사람들이 대부분이니까.

우리는 조금 특별한 남매다. 보통은 오빠가 키가 큰 편이지만 나는 어렸을 때부터 작게 태어났다. 반대로 수혜는 태생부터 크~게 태어났다. 우리 둘은 서로 부러워하는 것이 달랐다. 내가 조금 특별하게 태어났기 때문에 가족, 친척, 지인들을 비롯해 여러 사람의 관심이 내게 집중되었고, 선물도 많이 받았다. 친구들이나 다른 사람들의 좋은 시선, 나쁜 시선이 다 나에게로 향했다. 수혜는 그 점을 부러워했다.

반대로 나는 수혜의 평범한 모습을 부러워했다. 나는 몸이 불편하고 건강하지 못해서 누구나 할 수 있는 평범한 일들 중에도 못 하는 것들이 있었다. 일단 키가 작아서 재미있는 놀이 기구들을 타지 못했다. 초딩 시절에는 키가 120센티미터도 안 돼서 그렇게 타고 싶었던 바이킹조차 탈 수 없었다.

예전에 수혜가 태권도를 배웠었는데 그때 나도 같이 배워보고 싶었다. 하지만 자칫 잘못하면 몸이 크게 다칠 수 있어서 쉽게 도전할 수 없었다. 집에서도 냉장고 위쪽 칸이나 높이 있는 서랍을 열 때면 의자가 필요했다. 일상생활을 하며 나는 가족의 도움을 많이 받아야 했다.

이런 나와 달리 수혜는 어릴 때부터 큰 어려움이 전혀 없어 보였다. 하지만 수혜라고 해서 어려운 일이 없을 수 없다. 수혜 역시 약하고 여린 점이 분명히 있었다. 가끔 수혜에게 속상한 일이 생기면, 그런 수혜를 업어주지는 못했지만 내가 잘하는 말로 위로해주곤 했다.

키가 큰 수혜 덕분에 나는 든든하다. 높은 곳에 있는 물건을 꺼내야 하면 수혜가 바로 달려와서 나를 도와준다. 길을 걷다가 힘이 들면 나를 바로 업어준다. 솔직히 자존심 상할 때도 있지만…… 일단 내가 편해서 좋다.

하지만 늘 사이가 좋은 건 아니다. 이 지구상에 평화롭기만 한 남매는 없다. 우리는 싸울 때도 있고 욕할 때도 있다. 그러다가 또 금세 서로를 위로하며 다독인다. 그래서 우리는 흔한 듯 흔하지 않은 남매다.

"수혜야, 고집 적당히 부리고, 도움이 필요할 때 늘 옆에 있어줘서 고맙다. 그리고 혹시 키 좀 나눠줄 수 있으면 나눠주고. ^^"

이렇게 나의 가족을 소개해보았다. 참, 우리 가족은 네 명이 아니라 다섯 명이다. 반려견 콩이가 있는데 이 이야기는 다음 페이지에서 따로 할 예정이다.

우리 가족은 여러 가지 감정을 풍부하게 잘 느끼고 잘 표현한다. 심지어 콩이마저도! 크게 싸워서 이러다 헤어지겠다 싶다가도 어느새 하나로 다시 뭉친다. 저녁때 식탁에서 이야기를 나누다 보면 어느새 이야기가 한밤중까지 이어지기도 한다. 여행을 가거나 차를 타고 어디론가 갈 때 한번 웃음보가 터지면 한바탕 난리가 난다.

우리 가족은 생각할수록 참 기묘~~~한 가족이다.

개색히

콩이

우리 집 막내, 콩이!

콩이를 입양한 건 2017년 봄이었다. 아빠와 과일을 사러 나갔다가 돌아오는 길에 우연히 펫숍을 지나치게 되었다. 그런데 펫숍 앞에서 시간이 멈춘 것만 같았다. 유리창 너머로 하얗고 조그만 몰티즈 한 마리가 꼬물거리고 있었기 때문이다.

그 모습에 나도 모르게 이끌렸고 그 몰티즈에게 넋이 나가 멍하니 쳐다보고 서 있었다. 다행히도 아빠와 나의 맘이 통했다. 덕분에 콩이를 데려올 수 있었다. 아빠

말로는 콩이를 데려오려고 그 당시 아빠가 쓴 책의 인세를 다 털었다고 했다. 사실 워낙 오버가 심한 스타일이라 진짜인지는 알 수 없다.

이름을 '콩이'라고 지었다. 처음 데려올 당시에는 정말 콩알만 해서 아빠가 콩이라고 이름을 지었는데 그야말로 찰떡이었다. 그 작은 생명체가 우리와 함께 살게 되다니. 신기하고 두근거렸다. 새로운 가족이라서 애지중지 많이 아껴주고 많이 쓰다듬어주었다. 밥은 잘 먹는지, 잘 노는지, 잘 자는지 살폈다. 어떤 날에는 내가 콩이를 안아주다가 실수로 떨어뜨려 정말 십년감수한 적이 있다. 그때 정말로 심장이 쿵 떨어지는 기분이었다.

아가 때는 울타리를 쳐놓고 키웠다. 시간이 좀 지나 먹을 게 뭔지 구분이 가능해지고부터는 울타리를 거뒀다. 꼬물거리는 아가 같던 모습이 엊그제 같은데, 점점 자라서 이제는 몸집도 제법 커졌다. 사람들처럼 빠르게 무럭무럭 자랐다. 그리고 무엇보다 똑똑해졌다. 콩이가 똑똑해지고 나서 생긴 변화가 있다. 바로 서열 정리.

내 서열은 제일 꼴찌다. 하……

전생에 내가 콩이에게 무슨 죄를 지었는지 모르겠지만, 콩이가 나를 자기와 동급 혹은 밑으로 보는 걸 느낀다. '내가 너한테 얼마나 잘해줬는데. 얼마나 이뻐하고 사랑스러워해줬는데!' 콩이는 그걸 다 잊은 모양이다.

일단 엄마 아빠와 내가 장난칠 때면 엄청 질투한다. 간혹 내가 자기 장난감을 가져가려 하면 거의 전쟁터의 전사처럼 나에게 돌진해 덤벼든다. 자기 것(사료, 간식, 인형)에 대한 집착이 엄청나다. 그래서 잘못 건들면 진짜 낭패를 본다. 정말 이상한 개새…… 아, 아니 강아지 녀석이다.

콩이와 내가 신경전을 벌일 때면 아빠는 자꾸만 나 보고 콩이와 닮았다고 한다. 내가 사람이 아니라 동물을 닮았다니…….

그런데 아빠 말을 듣고서 곰곰이 생각해보니 정말 콩이는 나를 많이 닮았다. 나 역시 내 것에 꽤 집착하는 편이다. 그리고 성질을 건드리면 참지 못하고 으르렁댄다. 콩이는 지가 아쉬울 때는 태도를 바꿔 내게 살갑게 다가오기도 하는데, 나도 그런 면이 있는 거 같다. 역시 가족이라서 닮는 건가?

그러거나 저러거나 콩이가 내 맘을 알아주지 않아 슬프고 속상하다. 아무리 나를 닮았어도, 나를 서열 아래로 보고 으르렁거릴 때는 화가 난다. 말을 듣지 않고 꼴통처럼 굴 때는 한없이 꼴 보기 싫기도 하다. 그러다가도 언제 그랬냐는 듯 사이좋게 잘 지내는 순간도 있는데, 그럴 때면 또 한없이 귀엽고 사랑스럽다. 엄마 아빠가 나에게 이런 마음이었을까?

귀엽고 이쁘다가, 화나고 서운하다가, 가깝다가 멀다가. 그렇게 콩이와 나는 애증의 관계다.

내가 선택한
유일한 길,
줄기세포 치료

전 세계에는 150여 명의 프로제리아Progeria 아이들이 있다. 나는 그 아이들과 조금 다른 길을 걷는 중이다. 대부분 프로제리아 공식 치료제인 조킨비를 먹지만, 나는 그 약 대신 줄기세포 치료를 하고 있다.

내가 앓고 있는 프로제리아 신드롬, 우리말로 소아조로증은 '라민에이LMNA'라고 하는 유전자 돌연변이 때문에 생긴다. 라민에이는 세포들이 정상적으로 활동하지 못하게 한다. 세포들이 제대로 활동하지 못하면서 독성물질을 만들어내고 이 독성물질이 또 다른 세포들을 망가뜨린다. 그래서 노화가 진행된다.

　사실 요즘은 라민에이의 공격이 많이 심해졌다. 모든
것이 예전 같지 않음을 느낀다. 많이 걷거나 조금이라도
뛰거나 하면 심장박동이 빨라져서 금세 가슴이 답답해
진다. 뼈나 관절도 예전보다 더 굳어가고 있다.
　계단 오르내릴 때 몸의 변화를 가장 빠르게 느낀다.
예전에는 계단쯤은 아무것도 아니었다. 하지만 지금은
한 계단 한 계단 오르는 게 쉽지 않다. 마치 몸에 모래주
머니를 잔뜩 달고 움직이는 느낌이다. 중성지방 수치도,
콜레스테롤 수치도 더 높아졌다. 하지만 나는 아직 라민
에이와 맞서 싸울 자신이 있다.

　라민에이가 세포를 망가뜨리는 것을 처음으로 밝
혀낸 사람은 미국 프로제리아연구재단Progeria Research
Foundation 이사장이자 의학박사인 레슬리 고든Leslie
Gordon 박사님이다. 이 못된 라민에이를 억제하기 위해
레슬리 고든 박사님은 2007년부터 '로나파르닙Lonafarnib'

이라는 골수암 치료제를 재활용해 전 세계 63명의 프로
제리아 아이들에게 임상연구를 시작했다. 그리고 2018년
에 그 결과를 발표했다. 로나파르닙이 프로제리아 아이
들의 수명을 평균 2.4년 늘려준다는 것이다.

　나도 2014년, 임상연구에 참여했다. 내가 소아조로
증인 걸 알자마자 아빠가 나를 위해 열심히 찾아보다가
보스턴에 있는 프로제리아연구재단을 알아냈다. 당시
내 병을 진단한 병원에서도 프로제리아연구재단이 있다
는 걸 몰랐다던데…… 역시 아빠는 대단하다. 그렇게 무
려 4년을 기다려서 임상연구에 참여할 수 있었다.

　여러 가지 힘든 검사를 받고 2년 치의 조킨비 약을
받아서 한국으로 돌아왔다. 나와 우리 가족들은 약에 희
망을 걸었다. '이 약을 먹으면 좀 더 튼튼해지겠지.' '이 약
을 먹으면 머리카락도 많이 생기겠지.'

　하지만 나는 약 복용을 5일 만에 중단했다. 부작용
이 너무 심해서 도저히 먹을 수가 없었다. 5일째 되는 날
변기에 피를 토하고는 엄마에게 말했다.

"엄마, 내가 이 약을 먹는다고 키가 더 크는 것도 아니고 머리카락이 더 나지도 않을 것 같아. 너무 힘들어. 이 약 그만 먹을래."

엄마와 아빠 그리고 동생 수혜는 내 결정을 존중해주었고, 그렇게 약을 중단했다. 몸이 너무 힘들고 견딜 수 없어 약을 중단했지만 그렇다고 아무것도 안 하고 있을 수는 없었다. 이런 상황에서 아빠의 사촌인 이희영 박사님과 양현진 원장님이 새로운 길을 열어주셨다. 아빠가 먼저 두 분께 연락을 드렸다.

두 분은 줄기세포 치료를 오랫동안 연구해오셨다. 나는 2015년부터 줄기세포 치료를 받기 시작했고 지금까지 받고 있다. 처음에는 아빠의 지방에서 줄기세포를 추출해 나에게 투여하는 방식으로 치료했다. 그러다가 이제는 내 피부 조각을 떼어내 줄기세포를 분리, 배양한 뒤 그걸 투여하는 방식으로 치료를 하고 있다.

평균적으로 한 달에 한두 번씩 주사를 맞고 온다. 치

료를 받은 날은 몸이 조금 피곤하지만 하루가 지나면 일상생활에 큰 불편함은 없다. 줄기세포 치료를 계속 받아오면서 이 치료가 내게 맞는다고 느꼈다. 일단 큰 부작용이 없다는 점이 너무 좋다.

무엇보다 줄기세포 치료를 받은 덕분에 하루를 잘 지낼 수 있는 힘을 얻는다. 하루를 잘 지낸다는 건 정말 소중한 일이다. 특히 나 같은 프로제리아 아이들에게는 더욱! 그래서 나는 마음이 한없이 가라앉고 울적해질 때면 멀리 내다보지 않으려 한다. 지금 내게 주어진 오늘 하루만을 생각한다.

'일단 오늘 하루를 잘 살자. 내일은 내일 생각하는 거야.'

내가 제일 좋아하는 〈아이언맨〉의 토니 스타크처럼 줄기세포는 힘을 주는 슈트 같은 존재다. 나에게 큰 힘을 주고 내가 원하는 삶을 살 수 있도록 해준다. 그래서 줄기세포 치료를 받는다는 건 나에게는 큰 행운이고, 한편으로는 내 미래를 선물받는 일이다.

더 성장하고 더 잘되어서 나와 같은 프로제리아 아이들에게 이 치료를 해주고 싶다는 소망이 있다. 내가 힘을 얻었던 것처럼 다른 아이들에게도 새로운 길을 열어주고 싶다. 그러려면 먼저 내가 건강하게 성장해야 한다. 내가 선택한 길이 맞다는 걸 내 모습으로 증명하고 싶다.

　　내 몸 안에는 굉장히 많은 줄기세포가 있다.
　　나는 이 세포들과 함께 재미있는 인생을 살아갈 거다.
　　그리고 건강한 스무 살이 되고 말 거다!

오만 가지

감정

요즘 부쩍 '사람은 감정의 동물이구나' '사람에게는 감정이 꼭 필요하구나' 하는 생각이 든다. 아마도 내가 감정적인 사람이라서 더 그렇게 느끼는 모양이다. 어느 날인가 아빠랑 사소한 문제로 다툰 적이 있다. 조금 쪽팔리지만 솔직히 말해야겠다.

싸움의 발단은 아빠의 방귀였다. 평상시에도 가끔 그러지만 그날따라 유독 아빠가 연신 방귀를 뀌어댔다. 사실 아빠 방귀는 소리도 크고 냄새도 심한 편이다. 아무리 가족이지만 그런 비매너를 계속 참을 수만은 없지 않나?

아빠의 '뿡' 하는 방귀 소리가 날 때마다 나는 킁킁대며 "어우, 냄새!" "진짜 왜 저래?" 하면서 싫은 티를 팍팍 냈다. 그날 집에서 대게를 쪄 먹었는데 그 냄새도 함께 섞였던 것인지, 유독 고약하고 심했다.

그러다가 아빠가 방귀를 뀌지도 않았는데 내가 또 킁킁대며 싫은 티를 냈다. 어쩔 수 없었다. 계속해서 방귀 냄새를 맡다 보니 자꾸 아빠가 방귀를 뀌는 것만 같았기 때문이다. 결국 나의 타박을 참고 있던 아빠가 버럭 화를 내며 이렇게 말했다. "너 그러다 처맞는다." 아무리 그래도 처맞는다니…… 거 너무 심한 거 아니오? 그 말에 나도 화가 나서 서로 싸우기 시작했다.

아빠와 나는 원래 사소한 일로 자주 다툰다. 가볍게 끝날 때도 있지만, 둘 다 기가 매우 세서 다툼이 오래갈 때가 많다. 우리는 그날 한 치의 양보도 없이 심하게, 오래 싸움을 지속했다. "왜 이렇게 예민하게 구냐" "왜 이렇게 말을 함부로 하냐" 서로를 탓하는 공격이 오갔다. 하지만 난 절대 지치지 않았고 멈추지도 않았다.

　냄새가 난다며 내가 계속 짜증을 낸 것은 인정한다.
하지만 아빠는 화가 나면 말을 너무 세게 하고 톤도 과하
게 높아진다. '처맞는다' 같은 말은 솔직히 하면 안 되는
거 아닌가? 게다가 자꾸 옛날이야기를 하는데 비논리적
이고 전혀 설득력이 없다. 하지만 모든 일에는 끝이 있는
법. 결국 싸움은 멈추었다. 아빠가 미안하다고 먼저 말해
주었고 그렇게 일단 정리됐다.

　아빠가 먼저 사과했지만, 화가 금세 가라앉지는 않
았다. 나도 모르게 주먹을 꽉 쥐고 있었다. 격해진 감정의
여파가 여전히 남아 있어서다. 내 방으로 돌아와 베란다
문을 열었다. 바람을 쐬며 호흡도 하고, 생각도 정리했다.
내가 너무 예민한 건가? 그래, 그런 것도 같다. 매사 발끈
하는 건 아무리 봐도 장점은 아닌 게 분명하다. 이건 단
점이 분명하니까 고치자고 생각했다.

　그날은 유독 내가 좋아하는 바람도 더 시원하게 불

어왔다. 새소리, 벌레 소리도 들리고, 풀 냄새도 났다. 그러다 보니 흥분된 감정도 가라앉고 조금씩 마음이 누그러졌다. 그 순간 느꼈다. 사람의 감정은 참 신기하다는 것을. 한순간 분노하고 빡칠 수 있지만 또 그 감정이 가라앉고 나면 다시 안정을 찾을 수도 있다는 것을. 이런 걸 '감정의 변덕'이라고 불러야 할까? 아니면 '감정의 회복력'이라고 불러야 할까?

울었다가 웃었다가, 화냈다가 신났다가, 울적했다가 기뻤다가. 참 다양한 감정이 오르락내리락 반복되며 우리를 쥐고 흔든다. 사람은 복잡하면서도 단순한 것 같다. 하지만 또 그래서 더욱 살맛이 나는 것 같기도 하다. 다양한 감정을 생생하게 느끼며 살아가는 것이 인생인가 보다. 사실 그 과정에서 뭔가 깊고 거대한 것을 느끼는 건 아니지만 내 머리에서 이런 다양한 감정들이 일어나는 게 생각할수록 신기하다.

우리 가족은 특히 감정이 풍부하고 잘 드러내는 편이다. 색으로 표현한다면 빨간색이다. 이도 저도 아닌 애

매한 색깔이 아니라 아주아주 선명한 빨간색. 강렬하게 존재를 드러내기에 감출 수가 없고, 이글이글 놀라운 생명력으로 불타오른다.

그래서 우리 가족은 서로 막 싸우다가도 금세 화해하고, 별거 아닌 일에도 깔깔깔 웃고 떠들며 즐거워한다. 살면서 느끼는 감정을 200퍼센트 모두 그대로 느낀다.

지금 나는 내가 좋아하는 노래를 들으며 아빠의 잔소리에 짜증을 냈다가 다시 노래에 취해 기뻐하고 있다. 너무나도 생생하게 살아 있는 느낌이다.

병원,
병원,

병원!

어렸을 때부터 지금까지 주기적으로 가는 곳이 있다.
바로 병원이다. 내게 병원은 꼭 가야 하는 곳이면서 언제
나 가기 싫은 곳이다. 매우!

프로제리아, 다른 말로 소아조로증. 내가 가지고 있
는 이 병 때문에 어릴 적부터 나는 병원에 가야 할 수밖
에 없었다. 어릴 때는 병원에서 하는 모든 검사가 다 무
섭고 힘들었지만, 제일 싫었던 건 피를 뽑는 것이었다. 다
섯 살 때부터 늘 주삿바늘을 쿡쿡 쑤셔야 했다.

내 병의 상태를 주기적으로 점검해봐야 하기 때문에

피할 도리가 없다. 지금도 주기적으로 피검사를 하는데, 아직도 이건 적응되지 않는다.

지금도 병원은 여전히 내키지 않는 곳이다. 어릴 때는 병원이 싫고 무서우면서도 언젠가는 병원에 안 다닐 수 있을 거라 생각했다. 하지만 나는 여전히 병원을 벗어날 수 없다. 사실 지금 내 몸 상태가 그리 좋은 편은 아니다. 어렸을 때와 비교해 더 안 좋아졌다는 걸 스스로 느끼고 있다.

올해 6월, 병원에 가서 여러 가지 검사를 했다. 그리고 의사 선생님이 검사 결과를 설명해주셨다. 몸 상태가 어릴 때 같지 않은 건 알았지만 그래도 내심 기대하는 마음이 있었다. 줄기세포 치료도 꾸준히 받아왔고 최근 몇 년간은 운동도 열심히 했기 때문이다.

그런데 내 기대는 실망으로 바뀌었다. 의사 선생님에게 썩 좋은 말을 듣지 못했다. 콜레스테롤 수치와 중성지방 수치가 더 높아졌고 간 수치 역시 조금 더 높아졌다고 한다. 의사 선생님의 설명을 듣고 있자니, 점점 기가 꺾이는 기분이었다.

검사를 받고 주치의 선생님의 설명을 기다릴 때면 조금 긴장이 된다. 기대감과 두려움이 뒤섞인 복잡미묘한 감정이 들어서다. 그래도 언제나 기대감 쪽이 훨씬 크게 차지한다. '내 몸이 점점 좋아지겠지?' '더 튼튼해지겠지?' 하면서. 선생님의 말 한마디에 희망이 샘솟기도 하고, 다시 기운이 쭉 빠지기도 한다.

그날도 내심 기대감을 안고 기다렸다. 하지만 내 바람과는 전혀 다른 결과가 나왔다. 후우! 한숨이 푹 나온다. 선생님이 검사 결과에 대해 여러 가지 설명을 해주셨는데 좋은 이야기가 별로 없었다. 나중에 혈관이 막히면 뇌졸중이 올 수 있다는 것도 덧붙여 말씀하셨다. 진료가 끝나고 네이버에 '뇌졸중'을 검색해보았다. 병에 대한 설명을 읽다 보니 불현듯 두려운 마음이 들었다.

보지 말걸, 괜히 검색했다.

병원에는 늘 사람이 많다. 각자 아픔과 사연이 있는

사람들······ 붕대를 감고 있는 사람도 있고, 나보다 더 아픈 사람들도 있다. 그리고 항상 환자들 대부분은 팔에 링거주사를 맞고 있다.

사실 어렸을 때는 사람이 너무 많은 병원이 싫고 짜증 났다. 지금도 병원이 좋지는 않지만 나이를 먹으면서 생각이 조금 달라졌다. 요즘은 병원에서 환자복을 입고 링거를 꽂은 사람들이 지나갈 때면 이렇게 생각한다. '저 사람들도 힘을 내고 있으니 나도 힘을 내자.' 그러곤 다시 집에 돌아와서 내가 할 수 있는 노력을 한다.

그날 주치의 선생님에게 들은 검사 결과가 좋지 않아서 하루 이틀 정도 기운 없이 보냈다. 하지만 기운 빠져 있어봤자 나만 손해다. 울적한 감정은 빨리 흘려보내야 한다. 그리고 평상시처럼 다시 내가 할 수 있는 노력을 하기로 했다.

주치의 선생님이 많이 움직이라고 했으니 이리저리 돌아다니고, 먹기 싫은 채소도 최대한 먹으려 애쓴다. 피아노 연주를 할 때는 현실을 다 잊고 몰입하는 즐거움이 있다. 또 책을 내기 위해 마음을 가다듬고 글을 쓰고 있다. 글을 쓸 때는 조금 다른 느낌이다. 담담하게 나를 돌아보게 된다. 예전의 나와 지금의 나, 그리고 미래의 나까지.

한번은 내 왼쪽 엉덩이에 물이 차서 다리가 무거웠다. 하마터면 주사로 물을 빼는 아픈 치료를 할 뻔했다. 하지만 다행히도 시간이 지나며 조금씩 나아졌고 주사는 면했다. 의사 선생님이 염증 낮추는 약을 처방해주셔서 완전히 다 나았다.

몇 달 후면 나는 다시 병원에 가야 한다. 여러 검사가 기다리고 있다. 주삿바늘이 내 몸으로 들어가는 순간은 아무리 자주 경험해도 할 때마다 두렵다. 그저 익숙해질 뿐 여전히 불편하고 힘든 경험이다. 그래도 시간은 간다.

병원 문밖을 나설 때면 아빠는 내 울적한 기분을 달래주기 위해 이렇게 말한다.

"원기야, 오늘은 뭐 먹을까?"

너무 지치고 배고픈 나는 뜨끈하고 든든한 국밥이

당긴다. 병원에 검사하러 갈 때는 주로 아빠가 함께 가준다. 여러 검사표도 등록해야 하고 복잡한 절차도 많은데, 그 힘든 과정을 아주 빠르게 휙휙 해결한다. 아빠는 국밥처럼 든든하다.

병원은 아픈 몸과 마음을 고쳐주는 곳이다. 나도 병원에 다니면서 점점 몸이 나아지고 있다. 하지만 의사 선생님의 진단 결과에 따라 내 마음과 표정이 달라진다. 무척 가기 싫을 때도 참 많다. 그래도 가야만 한다. 다시 내 몸을 건강하고 활기차게 만들기 위해!

아이온맨

영화 〈아이언맨〉.

나는 마블 캐릭터 중에서 아이언맨, '토니 스타크'를 제일 좋아한다. 토니 스타크는 엄청난 부자고 머리도 엄청~나게 똑똑하다. 그는 하늘을 날아다니며 사람들을 돕는 슈퍼 히어로다. 하지만 그런 모습 때문에 좋아하는 건 아니다. 영화 〈아이언맨〉을 반복해서 보다 보니 의외로 나와 정말 많은 공통점이 있다는 걸 깨달았기 때문이다.

일단 얼굴부터 많이 닮았다. 잠깐! 내가 로다주(로버

트 다우니 주니어)처럼 잘생겼다는 뜻은 아니다. 절대 자아도취가 아님을 밝힌다.

어느 날, 안경을 쓰고 핸드폰을 만지작거리는 내 모습을 보던 엄마가 로다주의 모습이 보인다고 했다.

'내가 로다주를 닮았나?' 하고 수시로 거울을 보았다. 그리고 아이언맨처럼 대사를 따라 하거나 "자비스?" 하고 성대모사를 한 적도 있다. 하도 과몰입해서 핑거 스냅을 따라 하기도 했다.

괜히 확인하고 싶은 마음에 〈아이언맨〉 시리즈를 다시 보기 시작했다. 역시 명작이라 그런지 몇 번을 봐도 겁나 재미있었다. 자세히 보니 정말 나와 비슷한 점이 많았다. 특히 토니의 가슴에 박혀 있는 미니 아크 리액터가……. 토니는 살기 위해 에너지 장치인 아크 리액터를 만들어냈지만, 동시에 아크 리액터의 연료인 팔라듐이라는 물질이 토니 스타크를 괴롭히기 시작한다.

나도 아홉 살 때 내 병을 고치기 위해 미국 보스턴까

지 가서 '로나파르닙Lonafarnib'이라는 약을 받아왔다. 더 나아질 거라는 생각에 약을 먹기 시작했는데 부작용이 너무 심했다. 물론 그 약이 내 몸 안에 있는 나쁜 것들을 없애주기도 했을 거다. 하지만 동시에 나를 너무도 고통스럽게 했다.

어렸을 때만 해도 그 약 말고는 마땅한 대책이 없었다. 하지만 약을 먹는 동안 머리도 심하게 아프고 속이 울렁거려 구토를 많이 했다. 하도 우웩거리다 보니 나중에는 피까지 토할 지경이었다. 그때 이런 생각이 들었다. '나 지금 이 약 먹기 싫다. 먹지 말아야겠다.'

약이 내 병을 고쳐준다고는 하지만, 내게는 지금 당장도 중요했다. 내가 참을 수 있을 정도의 힘겨움이라면 감당해볼 만도 하다. 하지만 이렇게까지 힘들고 일상생활을 못 할 정도라면 병을 고쳐준다 해도 싫다는 생각이 들었다.

약을 먹지 않으면 예전처럼 머리도 아프지 않고 밥도 맛있게 먹을 수 있을 것 같았다. 그래서 5일 만에 약을 끊어버렸다. 2년 치 약을 받아왔는데……. 하지만 후회는 없었다. 그리고 시간이 좀 지나서 아주 다행스럽게도 그 약을 대체할 치료 방법을 찾아냈다. 바로 줄기세포 치료. 내가 찾아낸 건 아니지만 어쨌든 그 썩을 약보다는 훨씬 좋았다.

이 부분에서도 나와 토니는 꽤 닮았다. 팔라듐 중독으로 몸이 망가져가면서 고통스러워하던 토니 스타크는 결국 자신을 살릴 새로운 원소 물질을 직접 만들어낸다. 그것으로 팔라듐을 대체하고 새로운 아크 리액터를 만들어 이전보다 훨씬 더 강력해진다. 나도 내 피부 조직을 조금 떼어내서 줄기세포 배양을 해 치료를 받는 중이다. 치료를 받으면서 키도 조금씩 크고 머리카락도 더 많이 생기고 있다.

토니는 강력한 적을 물리치기 위해 슈트를 만들어낸 뒤, 그 슈트를 입고 적과 싸운다. 토니가 강력한 슈트를 만들어낸 이유는, 사람의 몸으로는 그렇게까지 센 힘을 낼 수 없기 때문이다. 사실 나는 슈트를 직접 만든 천재 토니 스타크처럼 그리 똑똑하진 않다. 하지만 토니가 슈트를 입고 강력한 파워를 얻듯이 나는 줄기세포 치료를 받고 운동으로 근육을 키우고 있다. 이제는 굳이 팔에 힘을 주지 않아도 꽤나 몸이 탄탄해졌다. 더 건강해지기 위해 하는 이런 노력들이 내게는 토니 스타크의 슈트와도 같다.

우리는 비슷한 점이 또 있다. 토니는 새로운 슈트를 만들거나 무언가 창의적인 일을 할 때 자기가 좋아하는 음악을 들으면서 한다. 음악에서 힘을 얻는 것도 나와 같다. 나는 뭔가 쓰고 싶은 글감이 떠오르면 가끔 글을 쓰는데, 그냥은 절대 안 써진다. 좋아하는 음악을 크게 틀어놓으면 집중이 훨씬 잘되고 글이 막힘 없이 쭉쭉 써진다.

아이언맨은 무적의 히어로지만 사실 완벽하지 않다. 타고난 천재에 자신감도 넘치지만, 감정 기복도 심하고 약점도 많다. 어른인데도 가끔 철없이 굴곤 한다. 어려운 상황에 처하거나 예상치 못한 일이 일어났을 때는 매우 힘들어하며 자기 멋대로 행동한다. 또 술잔치를 벌이며 깽판을 쳐댄다.

하지만 토니는 혼자가 아니다. 따끔한 소리를 하고 힘을 주는 사람들이 곁에 있다. 로드 대위, 페퍼 포츠, 해피 등등…….

나도 중간중간 지쳐서 힘이 달리고 이리저리 치일 때면 철없는 행동을 하곤 한다. 하지만 그럴 때 나를 다시 일으켜 세워줄 사람들이 나에게도 있다. 엄마 아빠는 물론이고 특히 여동생 수혜. 수혜는 내가 게을러지거나 지쳐 있을 때면 수많은 잔소리로 채찍질한다. 수혜가 워낙 열심히 사니까 딱히 할 말은 없다. 결국 수혜의 말을 수용하게 된다.

토니는 빌런들과 맞서 싸우는 히어로지만, 우리와 똑같은 사람이기에 한계가 찾아오면 지칠 때도 있다. 엄청난 고뇌에 시달리며 여러 트라우마로 힘들어한다. 내가 토니 스타크를 좋아하는 이유가 바로 이거다. 내게도 여러 가지 일들이 있었지만 하나하나 겪으면서 스스로 그것들을 극복해냈다. 토니처럼 나의 있는 그대로의 모습을 받아들이며 살아가고 있다.

〈아이언맨〉에서 팔라듐 중독 수치를 재보던 토니는 거울을 보며 이렇게 이야기한다.

"죽으려고 작정한 거야?"

오늘 나는 거울을 보며 이렇게 말한다.

"할 수 있다아아아아아아아아아!"

음압병실에서
발견한

나의 위대함

2020년부터 방구석 폐인의 모습으로 아득바득 버티며 코로나 팬데믹을 견디고 있었다. 시간은 잘도 흘러서 어느새 해가 바뀌고 겨울이 되었다. 그러다가 2021년 12월 26일, 바로 크리스마스 다음 날 나는 코로나를 선물로 받아버렸다.

처음에는 그냥 독한 감기에 걸렸다고 생각했다. 그런데 그날 밤 샤워를 하고 난 후 몸이 이상했다. 샤워를 하면 분명 몸이 개운해야 하는데 내 몸 안에서 거시기한 무언가가 느껴졌다. '설마 코로나인가' 하면서 자려던 찰나, 온몸이 아프기 시작했다. 머리도 아프고 몸에 열도 심하게 나고 뭔가 찌릿찌릿했다.

다음 날 아침부터는 얼굴이 빨개질 정도로 열이 펄펄 났고, 아빠는 아무 말 없이 나를 데리고 자주 다니던 병원으로 갔다. 의사 선생님이 열 체크를 하시더니 코로나 검사를 받으라고 하셨다. 아빠와 나는 코로나 검사를 받으러 갔다. 코로나가 아니길 바랐다. 그냥 감기가 심하게 온 거겠지 하며 스스로를 위로했다. 그날 하루 동안 비몽사몽했고, 결국 다음 날 코로나 양성 판정 메시지를 받았다.

내가 걸린 코로나는 델타바이러스 유형이었다. 난 희귀질환자여서 음압병실에 격리돼야 한다고 연락이 왔다. 폐렴에 걸릴 확률이 매우 높은 데다 자칫 잘못하면 폐렴이 아주 심해질 수 있기 때문이었다.

보호자가 필요해서 아빠와 함께 들어갔다. 아빠를 끌고 들어갔다는 표현이 더 적절하다. 하지만 아빠는 보호자라 침대가 없었다. 처음 음압병실에 들어섰을 때는 굉장히 절망적이었다. 이렇게 좁은 곳에서 두 사람이 일주일을 지내야 한다는 사실이……. 게다가 다들 알겠지만, 병원 밥은 정말 맛이 없다.

하지만 음압병실에서 지내며 나는 '나의 위대함'을 새삼 발견했다. 좁고 답답하고 밥이 맛없는 그곳에서 어떻게 지낼까 싶었는데…… 내가 의외로 적응력이 매우 뛰어나다는 걸 알게 된 것이다. 같이 들어간 아빠하고만 비교해도 내 적응력이 얼마나 놀라운지 알 수 있었다.

음압병실에 있는 동안 아빠는 정말 짜증 날 정도로 제정신이 아니었다. 특히 병실 내부 소음과 좁은 공간에서 지내야 한다는 사실을 견디지 못했다. 답답하다며 울기도 했고, 무기력함에 몸부림을 치며 머리를 움켜쥐기도 했다. 정말이지 코로나보다 그런 아빠가 더 힘들었다. 왜 그러는지 모르겠다, 다 큰 어른이!

그러던 어느 날, 아빠가 초대형 사고를 쳤다. 어떤 사고인지는 굳이 말하지 않겠다. 방호복을 입은 의료진이 병실에 들어와 크게 화를 내셨다. 다혈질인 아빠는 상대가 화내면 자기도 목소리가 커지는 편인데, 그날은 그러지 않았다. 정신이 몽롱한 상태여서 그런지 웬일로 죄송하다며 사과를 했다.

반면 나는 아무 생각이 없었다. 처음 들어갈 때만 조금 당황했을 뿐 금세 괜찮아졌다. 거기 영원히 있는 것도 아니고 언젠가 나갈 테니 안달할 이유가 없었다. 유튜브 보고 밥 먹고 졸리면 잤다. 또 일어나서 유튜브 보고 밥 먹고 졸리면 잤다. 그러다 가끔 답답해서 짜증을 좀 낼 때도 있었지만 아주 잠깐뿐이었다.

그렇게 어느새 8일이 지났고 우리는 집으로 돌아왔다. 돌아와서 제일 처음 먹은 음식은 엄마의 된장찌개다. 이쯤에서 "역시 엄마 밥이 최고였다"라고 해야 흐름이 맞는데, 사실 제일 먹고 싶었던 건 치킨이었다. 첫날은 예의상 엄마 밥을 먹고, 다음 날 바로 치킨과 치즈볼을 시켜 먹었다.

아, 치킨 하니까 생각나는 일이 하나 있다. 음압병실에서 지낼 때 아빠가 간호사 선생님에게 병실에서 치킨을 시켜도 되냐고 물어본 적이 있다. 다음 이야기는 누구라도 예상 가능할 거다. 어이없는 질문을 하고 아빠는 간호사 선생님에게 혼이 났다. 가뜩이나 멘탈이 약해서 힘들어하던 아빠는 미각마저 잃었고, 몸과 마음이 더 약해졌다.

하지만 신기하게도 나는 미각을 잃지 않았다. 난 생각보다 코로나를 잘 흘려보냈다. 음압병실에서 지낸 8일간 자고 먹고 놀고 쉬고, 일상의 여느 날과 같게 아주 잘 지냈다. 그때 새삼 알게 됐다. 난 비록 몸은 약하지만 마음이 매우 건강하다는 걸.

마음이 건강하다는 건 잘 흘려보낸다는 뜻이기도 하다. 잘 흘려보내니 스트레스도 덜 받는다. 그냥 아무 생각 없이 지내면 된다. 정말 생각이 없다는 게 아니라, 나쁜 감정이나 싫은 기억을 되새기거나 담아두지 않는다는 의미다. 그지 같은 일들은 쌓아두지 말고 바로바로 흘려보내고 잊어버리는 것이 좋다.

음압병실에 있는 동안 매우 답답했지만, 유튜브에 정신이 팔려서 내 시선이 많이 전환되었다. 그리고 눈을 감고 상상했다. 좋아하는 음식을 먹거나 좋아하는 〈가면라이더〉 완구를 만지작거리는 상상을. 그러면 그 안에 갑갑하게 갇혀 있다는 걸 잊곤 했다. 이것이 내가 발견한 나의 위대함이었다.

그렇게 병실에서 퇴원하고 맑은 정신과 건강한 모습의 나로 다시 돌아왔다. 독한 감기에 걸렸거나 몸살에 걸린 사람이 있다면 재미있는 유튜브를 한번 보는 걸 추천한다. 솔직히 그때 내 정신 건강을 도와준 것 중 하나는 유튜브다. 무료한 음압병실에서 유튜브를 보는 건 아주 좋은 방법이었다.

예측 불가

삼남매

한창 코로나가 유행일 때 나와 아빠 그리고 수혜 세 사람에게 별명이 생겼다. 바로 '삼남매'다. 그 당시 엄마는 어린이집 선생님으로 근무하느라 늘 이른 아침에 출근해서 늦은 밤에 돌아왔다. 그사이 우리 세 사람은 집에만 콕 박혀 있었다. 아빠는 사람들을 만나거나 강연하는 등 주로 밖에서 일을 해야 하는데, 코로나 때문에 그 일들을 할 수가 없었다. 그래서 나, 수혜와 함께 아빠도 집에 박혀 있어야 했다.

엄마 없는 집은 규칙이 없다. 그야말로 자유다. 하지

만 좋은 점만 있는 건 아니다. 건강하고 맛있는 밥을 먹을 수 없다. 자유를 얻는 대신 입맛을 포기해야 한달까? 아빠가 엄마 대신 요리를 했는데 맛은 늘 기대 이하였다. 솔직히 아빠의 음식을 엄마가 해준 음식과 비교하는 건 엄마에 대한 모독이다. 그래서 맛이 아니라 정성을 생각해 묵묵히 먹어주었다.

되돌아보니 엄마가 일하는 동안 아빠가 해준 요리들이 꽤 많다. 그중 기억에 남는 요리도 몇 가지 있다. 특히 기억에 남는 걸 꼽아보자면 김치찜과 소고기튀김이다.

김치찜은 은근히 먹을 만했다. 일반적인 김치찜과는 달리 특유의 단맛이 많이 났는데 그 이유를 알아냈다. 김치찜 밑에 들어 있던 사과와 레몬 때문이었다. 김치찜에 사과와 레몬이라니…… 나는 정말 경악했다. 하지만 예상과 달리 생각보다 맛이 괜찮다는 게 함정이었다.

소고기튀김은 딱 한 번 요리하고 다시는 하지 않았다. 말 안 해도 눈치챘겠지만, 역대급으로 맛이 없었다.

매우 심하게 맛이 없고 느끼했다. 심지어 소고기와 함께 먹으라며 초록색 키위를 갈아서 주스로 만들어줬는데, 그 때문에 느끼함이 극대화되고 말았다.

키위를 갈면 은근히 느끼한 맛이 나기에 보통은 깎아서 먹는데, 아빠는 굳이 그걸 갈았다. 맛없는 소고기튀김과 느끼한 키위주스의 대환장 콜라보는 엄청난 위력을 발휘했다. 나는 멀미가 났고 수혜는 일시적인 소화불량을 겪었다. 아빠, 이건 정말 아니야…….

우리를 두고 '삼남매'라고 한 데는 이유가 있다. 아빠가 아빠 같지 않아서다. 가끔 아빠를 보면 정신연령이 우리보다 어린 게 아닌가 싶을 정도다. 코로나를 겪으며 집에 붙어 있다 보니 그 사실을 더욱 크게 느꼈다.

당시는 코로나로 외부 활동이 제한되어 있어 집에 있을 수밖에 없는 상황이었다. 그래서인지 아빠는 잠을 매우 많이 잤다. 일어나서 우리에게 아침을 차려주고 다시 잠이 든다. 그리고 점심을 와구와구 먹고 또다시 잔다. 마치 겨울잠을 준비하는 곰 같았다. 하지만 아빠는 재미

있는 곰이기도 하다. 아빠가 같이 있어서 전혀 심심하지
않았다.

마침 우리 유튜브 채널이 활성화되고 있을 때라서
콘텐츠 생각이 나면 우리는 바로 카메라를 켰다. 먹방을
하거나 요리를 만들거나 콩이 산책을 시키는 등 일상적
인 영상을 찍었다. 그런데 유튜브 운영이 화근이 되어 아
빠와 다툼이 잦아졌다. 나는 유튜브를 찍는 게 귀찮을
때가 있어서 게으름을 피웠던 반면, 아빠는 유튜브에 아
주 열정적이었다. 서로의 온도가 맞지 않았다.

아빠의 열정이 간섭으로 느껴져서 "유튜브 말고 아
빠 일을 해"라고 짜증을 내기도 했다. 하지만 지나고 나
서 보니 아빠 생각이 맞았다. 구독자를 늘리고 조회수
를 올리려면 성실하고 꾸준하게 콘텐츠를 올릴 필요가
있었다. 그때만 해도 나는 중학교 2학년이었고…… 아무
래도 생각이 깊지 못했다. 아빠가 제안한 의견들이 유튜
브 활동에 점점 도움이 되는 것을 보고 못된 생각은 멈
추었다. 그때 심통 부린 건 미안. 아빠 말이 맞았어. 역시

아빠야. ^^

마스크를 쓰고 바깥에 나갈 수 있을 때가 되자 우리 삼남매는 쇼핑몰을 많이 돌아다녔다. 특히 하남 스타필드에 자주 갔다. 일단 거기서 식사를 해결하면 아빠의 맛없는 요리를 먹지 않아도 돼서 정말 다행이었다. 우리는 밥이랑 아이스크림을 먹고 이리저리 돌아다녔다. 옷도 골라보고 전자제품도 구경해보고…… 스타필드에 있으면 시간이 정말 빠르게 지나간다. 하루를 잘 흘려보낼 곳이 있어서 얼마나 다행이었던지.

우리 삼남매는 자전거도 많이 탔다. 나는 다리가 약해서 직접 타지는 못했고 자전거 뒤쪽에 의자를 붙여서 아빠 뒤에 탔다. 전기 자전거라서 속도가 꽤 붙었다. 수혜도 함께 자전거를 타며 삼남매의 모험이 자주 펼쳐졌다. 그때는 가운동에 살았는데 근처에 왕숙천이라는 산책로가 있었다. 자전거 타기에 딱 좋은 코스인 데다 길도 쭉 이어져 있어서 계속 달리면 서울까지도 갈 수 있었다. 우리는 그곳을 자전거로 자주 다녔다.

왕숙천 이야기를 하니 생각나는 일화가 있다. 한번은 엄마와 아빠가 싸운 적이 있다. 보통 부부 싸움을 하면 혼자 뛰쳐나가기 마련인데, 아빠는 나와 수혜를 데리고 뛰쳐나갔다. 부부 싸움 후 삼남매의 자전거 로드가 시작되었다. 아빠는 심하게 열이 받았는지 페달을 쉴 새없이 밟았다. 그날 달리고 달려서 광장동까지 다녀왔고 최고 기록을 찍었다.

어쩔 수 없이 집에만 있어야 하는 날에는 넷플릭스를 주구장창 봤다. 우리 삼남매는 해야 할 일을 제때 하지 않고 미뤄두는 습성이 있다. 집안에 기둥(엄마)이 없으니 당연히 무너질 수밖에.

식탁에는 밥을 먹은 그릇과 물컵들이 널려 있고 우리는 TV 앞에 앉아 멍을 때린다. 넷플릭스 덕에 하루가 휙 지나가버릴 때도 많았다. 재미있게 본 시리즈는 넷플릭스 오리지널 〈엄브렐라 아카데미〉였다. 우리 삼남매 취향의 작품이라 그 시리즈를 보는 내내 시간이 금세 지나갔다.

엄마가 집에 올 시간이 되면 우리 삼남매는 매우 분주해진다. 엄마가 오면 100퍼센트 분노하며 청소할 게 분명하기 때문이다. 엄마의 화를 돋우지 않으려면 얼른 식탁부터 치우고 각자의 방을 치운다. 바닥에 먼지 하나라도 있으면 안 된다. 우리는 한마음 한뜻으로 전쟁 같은 청소에 임한다. 어찌나 일사불란하게 움직였던지 개판인 모습을 들킨 적이 한 번도 없다. 이럴 때는 일심동체, 마음이 잘 맞는 삼남매다.

이렇게 글을 쓰며 지난 일들을 되짚어보니 유독 코로나 때 추억이 많다. 유튜브 수익으로 닌텐도 스위치를 사서 함께 게임을 했고, 어느 날에는 바다에 가서 스트레스를 풀고 오기도 했다. 며칠 내내 집에서 재미있는 영화를 함께 보며 깔깔 웃어대기도 했다.

지금도 엄마가 없을 때면 우리는 정신없는 삼남매 모드로 바뀐다. 그리고 집은 또다시 엉망진창이 되고 우

리는 마냥 해맑게 웃는다. 하지만 엄마가 올 때가 되면 여지없이 빛의 속도로 집을 원상 복구시켜놓는다. 코로나는 분명 힘든 일이었지만, 덕분에 우리 삼남매는 추억을 많이 만들었다.

마음이 힘들거나 속상한 일이 있을 때, 삼남매의 추억을 떠올리면 피식 웃음이 난다. 오늘도 삼남매의 추억을 연료 삼아 박진감 넘치는 하루를 시작한다.

음악은 절.대.
포기할 수

없어

올해 1월, 나는 엄청난 짓을 저지르고 말았다. 마음 속에서 화가 치밀어올라 식탁에 있는 밥그릇을 전부 집어 던져버린 것이다. 여기까지 읽고는 '이게 무슨 일이야?' 하며 다들 놀라셨을 거 같다. 왜 그랬는지 그 이유를 차근차근 설명하자면…….

유명 아티스트와 함께 노래를 만들고 싶었다(지금은 사정이 있어서 같이할 수 없지만). 그래서 이런저런 생각들이 떠오를 때면 장문의 글을 써서 아티스트 형에게 개인

카톡으로 보내곤 했다. 형은 바쁜 스케줄 때문에 카톡을 바로 읽지는 못했지만 3~4일 안에는 언제나 톡을 읽고 피드백을 해주었다. 내 글에 대한 느낌과 형의 일상을 섞어서 정성스런 감상을 들려주었다.

그렇게 형에게 여덟 개 정도의 글을 보냈다. 그 무렵 형이 자신 있는 노래를 하나 불러서 보내보라고 제안했다. 형에게 들려줄 노래니 잘 부르고 싶었다. 예전에 유튜브에서 엄마와 함께 불렀던 〈바람의 빛깔〉이 생각나서 그 노래를 연습하기 시작했다.

문제의 발단은 바로 노래 연습이었다. 예전처럼 맑고 높은 목소리가 안 나왔다. 성량도 부족해서 중간에 자꾸만 삑사리가 났다. 예전처럼 목소리가 잘 나오지 않는 게 당황스럽기도 하고 속상하기도 했다. 그런 마음을 애써 누르며 계속해서 연습하고 또 연습했다. 그때부터 마음속에 분노가 쌓이기 시작했다.

노래가 잘 되지 않는 게 너무 힘들어서 내 마음의 친구인 백하슬기 교수님께 전화를 걸었다. "교수님, 예전처럼 노래가 잘 안 불러져요. 어떻게 해야 할지 모르겠어요." 교수님에게 한바탕 하소연했다. 교수님은 나에게 위로의 말들을 건네주셨다. 교수님과의 통화 덕분에 속상하던 마음이 많이 달래졌고, 기운을 내서 다시 연습을 계속했다. 하지만 역시…… 마음처럼 되지 않았다. 어떻게 해도 예전 같은 목소리는 나오지 않았다.

거실에서 내가 연습하는 소리를 듣고 있던 엄마가 다가와 말했다. "원기야, 노래 한번 다시 불러볼래?" 마침 노래를 녹음하던 참이라 엄마에게 녹음본을 들려주었다. 엄마는 팩트만 날리는 사람이라서 그다지 좋은 반응을 기대하지는 않았다. 그렇게 마음의 준비를 했음에도 엄마의 말은 충격으로 다가왔다. "원기야, 그냥 노래하지 마."

노래를 하지 말라니…… 분명히 그렇게 말했다. 나한테 노래를 하지 말라고 했다. "이제 노래는 안 되겠다"라는 말까지 들었다. 아주 분명히. 가슴이 막 두근거리고 마음이 푹 하고 꺼져버린 느낌이었다.

뒤통수를 한 대 얻어맞은 것처럼 충격이 컸다. 엄마의 말에 순간 분노가 일었고 동시에 기운이 푹 꺼졌다. 그런 내 마음도 모른 채 아빠마저 아무래도 이제 노래는 어려울 것 같다고 했다. 하지만 포기하고 싶지는 않았다. 다른 사람들에게 힘을 주는 음악을 만들고 싶었고 노래를 부르고 싶었다. 그 의지 하나로 계속해서 연습했다. 내 목소리가 힘을 내기를 바라면서. 하지만 신체의 한계를 쉽사리 극복할 수는 없었다.

저녁 시간, 가족들과 식탁에서 밥을 먹었다. 감정이 요동을 쳤다. 아주 슬펐고, 내 안에서 분노가 점점 자라나더니 머리끝까지 치밀어 올랐다.

마음속에서 커져가던 분노가 폭발 직전이었다. 나는 분명히 엄마가 노래를 그만두라고 말하는 걸 들었다. 그런데 엄마는 그렇게 말하지 않았다고 했다. 그 일로 식탁에서 옥신각신하며 신경전을 벌였다. 점점 서로의 목소리가 높아지기 시작했다. 참다못한 엄마가 홧김에 TV 리모컨을 던지며 소리를 질렀다. 그 일로 내 분노 스위치가

켜지고 말았다.

　활화산처럼 분노가 폭발했다. 거기엔 더는 노래를 할
수 없을 거라는 슬픔과 서러움도 뒤섞여 있었다. 감정을
주체할 수가 없었다. 식탁 위에 놓인 그릇들을 집어 던지
기 시작했다(변명하자면, 사람에게 던지지 않고 바닥에 던졌
다). 바닥에 내동댕이쳐진 그릇들은 산산조각이 났다. 그
릇을 다 던지고 나서도 에너지가 조금 남았는지, 나는 마
지막으로 소리를 크게 지르며 끝을 냈다.

　그런 내 모습에 너무 놀란 엄마는 "싸가지 없는 놈!"
이라는 말을 남기고 집을 나가버렸다. 거실은 완전히 난
장판이었다. 유리 파편이 이리저리 흩어져 있었다. 수혜
의 긴급 요청으로 아빠가 황급히 집으로 돌아왔다.

　나는 반쯤 넋을 잃은 채 소파에 앉아 있었다. 유튜브
만큼이나 음악도 나에게는 소중했다. 열심히 글을 써서
작사도 하고 싶었고, 피아노도 잘 치고 싶었고, 노래 역시
잘 부르고 싶었다. 내가 좋아하고 소중히 여기는 내 꿈

중 하나인 노래를 포기한다는 건 받아들일 수 없는 일이었다.

노래가 예전처럼 안 된다는 건 나도 알고 있었다. 하지만 엄마에게 "그래도 할 수 있어"라는 말을 듣고 싶었다. 가뜩이나 노래가 예전처럼 나오지 않아 속상한데, 엄마마저 "안 되는 거야!"라고 단정해버리니까 내 마음이 털썩 내려앉았다. 그런 식으로 확인받긴 싫었다.

시간이 좀 지나 엄마가 다시 집에 돌아왔다. 나 때문에 당황하고 화가 난 엄마 마음이 바로 회복되지는 않았다. 시간이 흐르고 마음을 정리한 뒤 엄마에게 진심으로 용서를 빌었다. 아무리 화가 나도 그릇은 집어 던지지 말았어야 했다. 속상한 마음을 그런 식으로 표현하는 건 어리석은 일이다.

후회가 되었지만 물은 이미 엎질러졌고, 나는 그에 합당한 벌을 받아야 했다. 〈가면라이더〉 아이템 3개월 구매 금지를 당했다. 어떻게 설명해도 그릇을 던진 건 잘못한 일이기에 그 대가를 치르는 건 당연한 일이었다. 그날 이

후 다시는 그런 짓을 하지 말자고 결심했다. 절망과 한계에 부딪힐 때마다 그릇을 깨서는 안 되니까.

지금은 예전처럼 노래를 잘 부를 수 없다는 사실도 받아들였다. 내가 아무리 부정하고 싶어도 받아들일 건 받아들여야 한다는 것도 조금은 알게 되었다. 목소리가 예전 같지 않다고 해서 음악을 못 하는 건 아니다. 피아노 연주도 있고, 작사 작곡을 해도 되고, 음악을 즐길 수 있는 방법은 여전히 많다.

수혜가 음악 프로그램을 다룰 줄 알아서 좋은 리듬이나 가사가 떠오를 때면 언제든 음악을 만들 수 있다. 내가 부를 수 있는 음역대를 찾아가면서 노래도 조금씩 만들고 있다. 어쩌면 이 책이 나올 때쯤 곡이 나와 있을지도 모르겠다. 만약 내 노래가 나와 있다면 많이 들어주길 바란다.

난 어렸을 때부터 음악 듣는 것을 좋아했다. 내가 좋아하는 음악을 들으면서 계속 상상했다. 여러 사람 앞에서 노래를 부르고 사람들이 환호하는 그런 상상을. 그게 현실이 될지 꿈으로만 간직하게 될지 아직은 모르겠다. 사람 일은 모르는 거니까.

아홉 살 때 〈인간극장〉을 통해 스스로 예언을 한 적이 있다. 그때 내가 했던 말로 이 글을 마무리하려 한다.

"사람들을 힘 나게 만들어주는 가수가 되고 싶어요."

쾌걸

조로증?!

나는 '소아조로증'이라는 병을 가지고 있다. 한국의 공식 병명이다. 이런 병이 있다고 하면 대체로 성격이 내성적이거나 자신감이 없을 거라고 생각하는 경우가 많은데 그렇지 않다. 난 사람들과 이야기하는 것을 아주 좋아한다. 물론 태어날 때부터 그랬던 건 아니다.

초등학생 시절에는 다른 사람들의 시선을 매우 의식했다. 내 모습을 보고 수군대는 것 같아서 움츠러들기도 했고, 집에 돌아와 울기도 했다. 그러다 나이를 먹어가면서 조금씩 달라졌다. 나를 진정한 나로 만들어준 학교와 유튜브가 있었기 때문이다.

    내가 사람들 시선을 의식하지 않게 된 건 밀알두레 학교로 전학을 오면서부터다. 나를 병을 가진 사람으로 바라보지 않고 그저 평범한 한 사람으로 봐주는 친구들과 선생님들 덕분에 나는 큰 자신감을 얻었다.

    내가 갖고 있던 무대 공포증도 학교에서 여러 가지 발표를 하며 극복해낼 수 있었다. 물론 선생님과 친구들 앞에서 발표를 처음 시작할 때는 발발 떨린다. 그러다 시간이 조금 지나 적응하면 입이 트이고 사람들 앞에서 이야기하는 게 재미있어진다. 또 발표의 끝이 보일 때는 꽤 잘 해냈다는 생각에 시원함과 뿌듯함을 느끼곤 한다.

    무엇보다 친구들과 함께하며 일상을 나누다 보니 불안함이 점차 사라졌다. 역시 사람에겐 사람이 가장 좋은 치유제인가 보다. 덕분에 다른 사람들 시선에도 신경을 덜 쓰게 되었고, 내게 병이 있다는 사실을 특별히 의식하지 않게 되었다.

유튜브에 관심을 갖게 된 건 그렇게 자신감이 차오르고 사람들 앞에 서는 것의 재미를 알게 되면서부터다. 처음 유튜브 채널을 개설할 때는 내가 좋아하는 〈가면라이더〉를 소개해보자는 마음이었다. 그때만 해도 구독자가 많지 않았고, 그저 내가 좋아서 영상을 올리는 취미용 채널이었다. 그런데 〈가면라이더〉 리뷰 영상에 이런 댓글 하나가 올라왔다.

"손이 왜 그래요?"

내 병 때문에 얼굴을 공개하지 않고 영상을 찍었는데, 손까지는 숨길 수 없었다. 내 손은 평범한 손과는 매우 다르다. 비쩍 마르고 핏줄이 다 보이는 그런 손이다. 그래서 더 궁금했을지도 모르겠다.

애써 숨길 필요가 없겠다는 생각이 들어서 사람들에게 솔직하게 설명했다. 내 병명과 손의 모습이 남들과 다른 이유를. 그 댓글을 달았던 분도 그렇고 대부분의 구독자가 내 사정을 잘 수용해주었다.

사실 구독자 중에는 내가 어떤 병을 갖고 있는지, 또

어떤 사람인지 이미 아는 사람들도 있었다. 이렇게 된 마당에 얼굴을 숨기는 게 의미가 있을까? 차라리 얼굴을 공개하는 게 좋겠다고 수혜가 얘기해주었다. 그래, 나를 아는 사람도 있고 이미 손만으로도 병이 있다는 걸 아는데…… 얼굴을 숨길 필요가 없겠다는 생각이 들었다.

긴 고심 끝에 얼굴을 공개하기로 했다. 셀프 카메라로 나를 소개하는 영상을 찍어서 올렸다. 사실 사람들 반응이 어떨지 걱정되는 마음이 컸다. 그런데 내 우려와 달리 사람들은 응원의 댓글을 보내며 나를 긍정적으로 바라봐주었다. 그간 꽤 자신감이 생겼다고 여겼는데, 여전히 다른 사람들 시선을 신경 쓰고 있었던 모양이다.

응원 댓글에 용기를 얻어 그때부터 영상을 마구마구 올리기 시작했다. 그때만 해도 구독자가 100명도 되지 않을 때라 아무거나 올렸다. 만두 한 개 먹방, 집 소개, 그 당시 유행하던 틱톡 챌린지 등. 유튜버가 내 운명인 건지, 영상을 찍어 유튜브에 하나하나 올리는 게 너무 재미있었다. 딱 내 적성에 맞는 일이었다.

시간이 흐르면서 구독자도 점점 늘어났다. 어느새 구독자가 천 명이 되었고, 천 번 인사하기를 기념 영상으로 올렸다. 사실 말만 천 번이고 열다섯 번쯤 "감사합니다"만 외치다가 지쳐서 마무리했다. 이 글을 쓰다 보니 새록새록 추억이 떠오른다.

그때의 영상들은 날것 그 자체였다. 핸드폰 카메라로 촬영했고 편집 같은 건 하지 않은 채 올렸다. 지금 보면 완전히 엉망이다. 하지만 그건 그 나름대로 꾸미지 않은 생생한 느낌과 매끄럽게 편집되지 않은 투박함이 주는 맛이 있다. 완성도가 떨어지지만 나는 그 영상들도 좋아한다.

구독자가 늘고 영상 조회수도 늘다 보니 늘 응원 댓글만 달리는 건 아니다. 가끔씩 악플도 달린다. 사실 초보 유튜버 시절에는 악플에 기분이 상하기도 했지만, 가족 덕에 이겨낼 수 있었다. 좋은 댓글이 훨씬 많은데 몇 개 안 되는 악플에 일일이 신경 쓰면서 에너지를 낭비할 필요가 없다는 것도 조금씩 깨달았다.

유튜브에 영상을 올리면서 좋았던 것 중 하나는 댓글을 보며 다양한 사람들과 소통한다는 점이다. 유튜버가 아니었다면 그렇게 많은 사람과 다양한 이야기를 나누지 못했을 거다. 학교에서 친구들과 지내며 나름의 사회생활을 했고, 유튜버로 살면서 댓글로 다양한 이들과 소통했다. 그런 경험들이 쌓이면서 나는 이렇게 쾌걸스러운 지금의 성격이 되었다.

요즘은 학교에 다니지 않고 일반인으로 살아가고 있다. 특별한 병을 갖고 있어서 일반인들과는 조금 다른 루틴으로 지낸다.

우선 아침에 일어나고 싶을 때 일어나서 먹고 싶은 아침을 먹은 후 핸드폰을 만지작거리다 피아노를 친다. 피아노 치는 걸 워낙 좋아하는 데다 악보를 외우는 곡이 많아서 연달아 여러 개의 곡을 치기도 한다. 가끔 제대로 몰입하면 한 시간 남짓 연주할 때도 있다. 그렇게 피아노를 치고 나면 개운하면서도 피곤하다. 사실 피아노 연주를 하려면 굉장한 집중력이 필요하기 때문에 에너지가 많이 사용된다.

열심히 연주하며 불태웠으니 이젠 휴식이 필요하다. 그 휴식은 바로 게임. 주로 컴퓨터 게임을 하는데 내가 즐겨 하는 건 '리그 오브 레전드'다. 게임에서 패하면 매우 빡이 치지만 승리하면 엄청나게 기분이 좋다. 승부욕은 남부럽지 않은데, 솔직히 게임을 그렇게 잘하는 편은 아니다.

게임을 원하는 만큼 한 다음에는 운동하러 가거나 거실에서 TV를 보거나 다른 할 일을 한다. 요즘은 유튜브 영상을 열심히 찍고 있다. 아이돌 춤, 먹방, 맛집 로드 등등을 찍어서 올린다. 촬영 자체도 재미있지만 반응이 괜찮게 나오면 기분이 정말 좋다.

하지만 항상 기분 좋은 일만 있는 건 아니다. 가끔은 화가 나거나 분노가 치밀어오르기도 한다. 뭔가 큰일이 생겨서 화를 내는 건 아니고 그냥 평범하고 사소한 일들로 화가 날 때가 있다. 인상이 찌푸려지는 유튜브 댓글을 발견할 때, 식탁 모서리에 발을 찧을 때, 가족과 싸울 때…….

사람이 살아가는 데 맨날 좋을 수만은 없다. 사소한 일로 금방 폭발했다가 또 금방 가라앉았다가, 다 그렇게 사는 거 아닐까? 생각보다 다혈질인 나는 화나는 일이 생길 때면 혼자 방문을 닫고 크게 소리를 지르거나 〈가면라이더〉를 본다. 그러면 어느새 분노가 사라진다.

나는 한없이 가벼운 존재라서 화도 잘 내고, 또 금방 잊어버린다. 그러곤 언제 화를 냈냐는 듯 깔깔깔 웃으며 즐거운 기분으로 돌아간다. 나는 정말 감정 회복력(?)이 좋은 모양이다.

소아조로증이라는 병이 있지만 크게 신경 쓰지는 않는다. 어쩌면 나이가 들면서 이 병과 함께 살아가는 법을 조금씩 터득해가는 것도 같다. 내가 가진 이 병이 생각나려고 할 때면 머릿속으로 외친다. '날 좀 도와줘!' '내가 좀 건강해질 수 있게 해줘!'라며 내 병에게 부탁한다.

오늘 하루 열심히 살았음에 뿌듯해하고 열심히 산 만큼 푹 쉬면서 하고 싶은 일을 한다. 즐겁고 신이 나면 신이 나는 대로, 또 화가 나면 화가 나는 대로 그 감정을 충분히 느낀다.

방금 나온 따끈따끈한 〈가면라이더〉 신제품을 구매하면 기분이 그렇게 좋을 수 없다. 힐링 그 자체다. 가족과 함께 맛있는 음식을 먹으면 따뜻함을 느낀다. 나는 투명한 사람이라서 오만 가지 감정을 쉽게 느끼고, 좋아하는 일에는 망설임 없이 도전한다. 찌질하게 작은 일에 화 냈다가 금세 풀리고, 작은 일에 크게 웃는 나의 병명은, '쾌걸 조로증'이다.

스무 살을
위한

준비운동

　나는 운동을 한다. 아니 해야만 한다. 몸의 근육과 뼈가 금방 굳어서 뻣뻣해지기 때문에 운동으로 최대한 몸이 굳는 것을 막도록 노력해야 한다. 코로나 시즌 전에는 거의 매일 수영장에 다녔다. 그렇다고 수영을 썩 잘하는 건 아니다. 열심히 헤엄을 치는 것만으로도 관절과 근육을 풀어주는 데 도움이 되기 때문에 거의 매일 다녔다.

　하지만 코로나 때문에 수영장에 갈 수 없게 되면서 모든 게 멈췄고 내 다리는 점점 굳어갔다. 열심히 수영할 때는 혼자서 양말과 신발을 신을 수 있었다. 그런데 코로나로 인해 운동을 중지하면서 다리 근육과 뼈가 굳어가기 시작했고 혼자서 양말조차 신을 수 없게 되었다. 손이 발에 닿지 않아 양말을 신을 수 없을 때의 처참한 기분이란…… 슬프면서 화가 났다.

내 굳은 근육들을 이대로 방치해서는 안 되는 상황이었다. 나를 위해 아빠가 전문 코치님을 찾았다. 재활 치료를 전문으로 하는 코치님이라 내 몸에 필요한 여러 가지 스트레칭을 시켜주셨다. 코치님과 운동을 하고 나면 수영을 한 것처럼 몸이 개운하고 다리 움직임이 부드러워진다. 그렇게 열심히 운동하면서 다시 양말을 스스로 신을 수 있게 되었다.

초반에는 스트레칭 위주로 했는데, 어느 정도 몸이 풀리고 나서는 스쿼트, 윗몸일으키기, 팔굽혀펴기, 턱걸이 같은 운동도 함께 했다. 운동하는 시간 외에 나는 큰 움직임이 없는 편이다. 다칠 수도 있기 때문에 조심한다. 그래서 운동할 때만큼은 최대한 몸을 크게 움직여 활성화시킬 수 있도록 노력했다. 그래야 피도 잘 돌고 노폐물을 배출할 수 있다.

2021년부터 운동을 시작했으니까 이제 2년이 넘어간다. 키도 작고 왜소한 체구지만 운동하면서 점점 근육이 쌓여가고 있다. 그런 내 모습을 볼 때면 뿌듯한 마음에 절로 팔에 힘을 주게 된다.

운동을 시작하면서 또 다른 즐거움도 생겼다. 작년에 코치님이 가끔 오토바이를 태워주셨는데, 평범한 일상을 깨우는 즐거움 중 하나였다. 내가 앞에 타고 코치님이 뒤에서 핸들을 조정하는 방식으로 탔다. 앞에 탄 나는 액셀을 조절했는데, 마치 〈가면라이더〉가 된 것처럼 매우 신이 났다.

오토바이를 타고 달리면 바람이 온몸을 스치고 지나간다. 그 시원한 느낌에 아드레날린이 마구 뿜어져 나온다. 아, 안전하게 헬멧을 착용하고 탔으니 걱정은 하지 마시라. 최근에는 오토바이를 타지 않지만, 내가 좀 더 건강했다면 나는 분명 오토바이 마니아가 됐을 거다.

운동할 때 제일 힘든 건 무거운 덤벨을 들면서 일어나는 스쿼트다. 최대 33킬로그램까지 든 적이 있다. 물론 코치님이 뒤에서 받쳐주시지만 거의 내 힘으로 하는 거라서 온몸이 부들부들 떨리고 땀이 난다. 무거운 걸 드는데 성공하면 아주 시원하고 뿌듯하다. 아, 해냈다!

하지만 내가 제일 좋아하는 건 턱걸이다. 몸을 쭉 편 상태로 하는데 턱걸이를 한 번 두 번 할 때마다 내 몸에 근육이 쌓이는 기분이다. 무엇보다 집중이 잘 돼서 좋다.

사람들이 운동을 하는 데는 자기만의 의미와 목표가 있을 거다. 내게도 나만의 의미와 목표가 있다. 나에게 운동은 '시간 연장'이다. 내 몸을 건강하게 만들어주고, 그래서 하루라도 더 오래 살게 해준다.

예전에는 어딘가에 발이 걸리면 그대로 넘어졌다. 하지만 운동을 시작하고 나서는 몸에 힘이 붙어서 잘 넘어지지 않는다. 넘어진다 해도 팔과 다리로 충격을 흡수한다. 머리가 몸에 비해 무겁기 때문에 잘못하면 머리를 부딪힐 수 있는데, 머리를 부딪히지 않을 만큼 힘을 갖게 되었다.

아빠는 내가 운동을 하고 있어서 노화가 억제된다고 한다. 맞는 말이다. 신체 나이로만 보면 내가 좀 늙긴 했다. 그러니 노화를 막기 위해 더 열심히 운동해야 한다. 요즘은 수영도 다시 시작했다. 그래서인지 내 몸이 점점 더 유연해지고 있다.

운동을 안 할 때는 축 처지고 피곤하지만 운동을 하고 나면 불끈 힘이 솟아서 무엇이든 할 수 있을 것만 같다. 그렇게 한껏 힘이 솟는 느낌이 참 좋다. 무엇보다 좋아하는 일을 하려면 체력이 많이 필요하다. 음악도, 유튜브도, 글 쓰는 일도, 노는 것도, 쉽게 지쳐서 피곤해지면 원하는 만큼 할 수 없으니까.

나는 더 열심히 노력할 거다. 내가 좋아하는 일들을 더 마음껏 하기 위해서. 하루를 더 살아가기 위해서. 스무 살을 넘기기 위해서!!

산타는
아직

살아 있어

성탄절 하면 생각나는 산타클로스. 어린 시절 선물을 들고 와줄 산타 할아버지를 기다려보지 않은 사람은 아마 없을 것이다. 동심과 거의 동의어로 쓰이면서 추억으로 자리 잡은 산타 할아버지. 순수했던 나는 산타를 악착같이 믿었다.

왜냐하면 매년 크리스마스 때마다 선물과 함께 산타 할아버지가 보낸 편지가 와 있었기 때문이다. 글씨체마저도 진짜 산타가 쓴 편지 같았다. 나는 그 편지를 매해 손꼽아 기다렸다. 크리스마스 시즌이 다가올 때마다, 이번엔 어떤 선물이 올지 또 편지에는 어떤 내용이 담겨 있을지 기대했다.

우리 집은 크리스마스가 오기 전에 엄마 아빠에게 갖고 싶은 선물 리스트를 보여준다. 그 선물 리스트를 엄마 아빠가 산타 할아버지에게 전달하는 거다. 그리고 크리스마스가 되면 내가 원했던 것 중 하나를 선물로 받았다. '아, 산타 할아버지가 내가 딱 원하는 걸 선물로 주셨어.' 그래서 어렸을 때는 산타가 있다고 철석같이 믿었다. 하지만 언젠가는 깨질 동심이었다.

아빠가 『내 새끼손가락 아들』이라는 책을 낸 적이 있는데 거기에 산타에 대한 이야기가 들어 있었다. 물론 나는 아빠의 책을 읽지 않았기 때문에 산타의 비밀을 몰랐다. 친구들이 말해주기 전까지는. 나보다 일찍 동심이 깨진 내 친구들은 산타가 없다는 걸 이미 알고 있었다.

그러곤 내 동심마저 깨뜨리고 말았다. 아빠가 쓴 책에 담긴 산타 이야기를 나에게 말해준 것이다. 한순간 나의 동심이 와장창 깨져버렸다. 내가 매년 성탄절마다 그

토록 기다리고 기다렸던 산타가 세상에 없다니…… 때론 몰라도 좋을 진실도 있는 법이다.

하지만 산타가 없다는 걸 알고 지난 일들을 되돌아 보니 모든 것이 납득되었다. '지금까지의 크리스마스 선물은 엄마 아빠의 선물이었구나' 하는 생각이 자연스럽게 머릿속에 떠올랐다. 선물 리스트를 내가 고르긴 했지만, 선물도 편지도 너무 내 마음을 잘 알고 있었다.

나중에 안 사실인데, 나와 수혜의 성탄절 선물이 엉뚱한 집으로 갈 뻔한 적도 있다. 아빠가 우리에게 줄 성탄절 선물로 브리태니커 사전을 샀는데, 상자 두 개를 낑낑대며 들고는 옆 동으로 갔다는 거다. 그러고는 그 무거운 걸 다시 들고 집으로 오느라 허리가 끊어질 뻔했다고……. 하마터면 아빠가 남의 집 산타가 될 뻔했다.

아, 산타의 동심은 깨져버렸지만 그래도 갖고 싶은 게 생겼다. 2018년쯤이었는데 생각도 많아지고 병에 대한 고민도 많아지던 시기였다. 그 무렵 나는 머리카락이 무척 갖고 싶었다. 산타 할아버지가 엄마 아빠인 것도 이미 알고 있었던 때고, 진짜 산타 할아버지가 없다는 것도 알고 있었다.

그런데도 나는 산타가 있다는 걸 믿고 싶었다. 영화나 만화를 하도 많이 본 탓일까? 간절하고 또 간절하게 기도하면 머리카락이 생길지도 모른다는 마음으로 기도했다. 결과는…… 역시 대머리 그대로였다. 이럴 줄 알았는데도 왜 그렇게 마음이 슬퍼졌는지 모른다.

그래서 여전히 산타의 존재를 믿는 척하고 엄마 아빠에게 "산타 할아버지가 이번에는 크리스마스 선물로 머리카락을 주셨으면 좋겠다" 하고 중얼거리듯이 얘기했다. 이미 진실을 알면서도 그때는 간절히 진짜 산타가 있다면 얼마나 좋을까 하고 생각했다. 머리카락이 풍성하게 생겨서 나도 남들처럼 염색도 해보고, 파마도 해보고, 머리도 감아보고 싶었다.

솔직히 그때 조금은 두근거렸다. 혹시…… 혹시 산타 할아버지가 머리카락을 선물로 주지는 않을까? 크리스마스 날 눈을 뜨자마자 내 머리부터 만져보았다. 혹시라도 머리카락이 많이 나 있을까 하는 기대감을 가진 채로. 물론 변화는 전혀 없었다. 그때 많이 울었다. 그리고 마음을 정리했다. 산타 할아버지는 진짜 없구나!

하지만 산타 할아버지가 나에게 준 진짜 선물이 있다. 희망과 절망이다. 무언가를 얻을 수 있다는 희망. 난 그 희망 때문에 성장했다.

하지만 산타 할아버지가 없는 것에 절망했다. 그렇지만 그 절망 때문에 또 성장했다.

이게 바로 산타 할아버지가 나에게 준 선물이다.

이 글을 쓰다 보니 크리스마스의 추억이 떠오른다.

왠지 마음이 설렌다. 무언가 모를 설렘이 느껴지는 걸 보면 산타 할아버지가 아직도 있는 것 같기도 하다.

음악은
나의

무한 비타민

나에게 음악은 비타민 같은 존재다. 내가 힘들 때, 울 것 같을 때, 도저히 기운이 나지 않을 때, 내가 좋아하는 음악을 들으면 신기하게도 다시 기운이 솟는다. 마치 유명한 뮤비에 나오는 사람처럼, 음악을 들으면 춤을 추게 되고 날아갈 것만 같은 마음이 된다.

가족들과 바닷가 여행을 가는 차 안이었다. 우리 가족은 깔깔대고 웃으며 즐겁게 고속도로를 달리고 있었다. 운전을 하던 아빠는 흥에 겨웠는지 본인이 좋아하는 음악을 틀었다. 〈위 아 영〉이라는 노래였다. 다이내믹한 기타 음과 자유롭고 신나는 멜로디를 듣는 순간 노래에 확 꽂혀버렸다. 아빠가 좋아하던 그 노래를 어느새 내가 더 좋아하게 되었다.

사실 음악에 대한 관심은 그보다 더 어렸을 때부터 시작됐다. 〈파워레인저 캡틴포스〉 오프닝 곡이나 〈가면 라이더〉 오프닝 곡에 꽂혀서 수시로 흥얼거리며 따라 부르곤 했으니까. 그러다가 〈이태원 클라쓰〉의 〈시작〉이란 노래를 들으면서 노래의 힘, 음악의 힘을 본격적으로 느꼈다.

워낙 좋아하는 드라마라 몰입해서 보고 있는데 〈시작〉이라는 노래가 나왔고, 파워풀한 멜로디에 단숨에 끌렸다. 곡뿐 아니라 가사 한 줄 한 줄이 그대로 다 좋았다. 가슴이 쿵쾅거리면서 내게 쫙 흡수되며 동기부여가 되었다. 코로나로 지쳐 있을 때라 제대로 에너지를 얻을 수 있었다.

그러고 보니 예전부터 나는 음악을 꽤 좋아하는 사람이었다. 한번은 틱톡에서 창모의 〈메테오〉라는 노래를 들었는데 좋아서 풀버전을 찾아봤다. 한동안은 그 노래에 빠져서 자전거를 탈 때 후드티 모자에 핸드폰을 넣고 음악을 들으며 달리곤 했다.

음악을 듣다 보면 기분이 좋아지는 건 물론이고 알 수 없는 힘이 생겨난다. 무엇이든 할 수 있을 것만 같은 느낌. 음악도 〈가면라이더〉처럼 내게 없어서는 안 되는 그런 존재다. 숨 쉬고 물 마시듯 언제나 음악과 함께다. 지금도 음악을 들으면서 글을 쓰고 있다. 희한하게 음악을 들으면 글이 훨씬 잘 써진다.

음악은 사람들 각자에게 저마다 다른 의미와 힘을 준다. 세상에 다양한 사람이 있는 만큼, 음악을 즐기는 방식도 느끼는 것도 다양할 거다. 나는 컨디션이 안 좋을 때가 많아서 영양제나 비타민 같은 것들을 먹어야 힘이 나고 다시 얼굴에 생기가 돈다. 그런데 때론 그런 약들 없이도 힘이 솟곤 한다. 바로 음악을 들을 때다.

내가 좋아하는 음악이 나오면 신이 난다. 일어나서 엉덩이를 흔들며 춤을 춘다. 그 노래들을 200퍼센트 만 끽하면서 큰 힘을 얻는다. 음악을 들으면 점점 더 힘이 나고 생기도 돌고 기분도 좋아진다. 이렇게 음악은 그 어떤 비타민이나 영양제보다도 효과가 좋다. 음악은 나의 무한 비타민이다.

지옥의
관,

MRI

　병원에서 받는 검사 중 피검사만큼 힘든 것이 있다. 바로 MRI 검사다. 아홉 살 때 처음 경험했는데 너무도 끔찍한 기억으로 남아 있다. 미국 보스턴아동병원에서 내 머리를 찍어보기 위해 MRI 검사를 진행했다. 일단 검사대에 누웠는데 어떤 기계 속으로 점점 빨려들어갔다. 아홉 살의 어린 내게는 그야말로 무서운 관 속으로 들어가는 느낌이었다.

　MRI 검사실은 온통 하얗다. 그리고 텅 빈 것처럼 공허한데 그 느낌이 왠지 서늘하다. 그때는 너무 어렸기 때문에 계속해서 검사를 받다가 지쳐서 중간에 잠이 들었던 것 같다. 그러다 검사 도중 잠에서 깼다. 검사가 다 끝난 줄 알았는데, 여전히 나는 검사실에 누워 있었다. 자고 일어나면 상쾌하고 개운해야 하는데 이상하게 몸이 무겁고 한없이 가라앉았다. 잘 모르는 곳에 혼자 있는 것처럼 기분도 너무 이상했다. 그런 경험은 정말 처음이었다.

낯선 상황과 이상한 기분, 그리고 내 몸 상태에 적응을 못 해서 심하게 울부짖었다. 아빠가 황급히 달려왔다. 내가 울부짖어서인지 다른 이유 때문인지 검사는 끝이 났다. 나를 감싸 안으며 병원을 빠져나온 아빠는 아무 말이 없었다. 알고 보니 나는 총 네 시간을 MRI 검사실에 있었다고 한다. 물론 아빠도 그 검사실에서 네 시간 동안 나를 기다리고 있었다.

그 시간 동안 계속 있었던 아빠에게도 놀랐고 검사 시간에도 매우 놀랐다. 그 속에 누워 네 시간 동안이나 검사를 받았다니……. 그래서 몸이 그렇게 무겁고 지친 것이었구나. 정말 다시는 MRI 검사는 받고 싶지 않았다. MRI 검사를 받으면 마치 영혼이 갉아먹히는 느낌이 든다. 그야말로 악마의 관이다.

하지만 세상일이 내 맘대로 되지는 않는다. 다시는 MRI 검사를 하지 않기를 바랐는데, 최근 왼쪽 엉덩이 부근에 물이 차서 결국 MRI 검사를 또 했다. 검사하기 전 오른쪽 정맥에 주사를 맞았는데 생각보다 너무 아팠다. 아빠는 내게 주사 맞는다는 걸 또 이야기하지 않았다.

주사 맞기를 극도로 싫어하는 나는 화가 났다. 주사를 맞아야 한다는 것도, 아빠가 그걸 숨겼다는 것도. 하지만 내가 화를 낸다고 주사를 안 맞는 건 아니다. 후우, 그냥 혼자 화가 나는 것일 뿐.

주사를 맞은 채 MRI 검사실로 들어갔다. 다리와 팔이 움직이면 안 되기 때문에 여러 개의 판으로 나를 고정했다. 그리고 혹시 검사가 힘들어 도저히 못 하겠다 싶을 때 누를 수 있는 튜브 버튼도 함께 넣어주셨다. 나는 왼쪽 손으로 그 튜브를 움켜쥐었다. 여차하면 누를 생각이었다.

검사가 시작되었다. 굉음이 계속해서 반복되었다. 귀마개를 했는데도 소리가 엄청나게 컸다. 어렸을 때 했던 MRI 검사와는 차원이 달랐다. 워낙 소리에 민감하기도 하고, 일단 내가 잠들지 않고 깨어 있어서 그랬을 거다. 나이도 더 먹었고 더 예민해진 상황에서 검사하니 더 힘들 수밖에 없었다. 마치 고문당하는 기분이었다.

MRI 검사를 받는 동안 그 튜브를 누를까 말까를 미친 듯이 고민했다. 굉음은 계속 울려대며 사람을 미치게 하고, 소리에 예민한 나는 참기가 너무 힘들어서 혼자 쌍욕도 좀 했다. 아무도 들리지 않게 나 혼자 조용히⋯⋯ 1818을 외쳤다. 나 혼자서 한 거니까 괜찮지 뭐⋯⋯.

그 관 같은 곳에 누워 있다 보니 시간이 얼마나 지났는지도 가늠이 안 되었다. '이렇게 사람이 미칠 수 있구나'를 느꼈다. 지금 이 검사를 받는 것이 현실인지 과거인지, 내가 곧 죽는 건지 시간 여행을 하고 있는 건지 알 수 없었다. 적막함 속의 소란스러운 굉음. 그 굉음을 들으며 이런저런 생각을 마구 한다. 머릿속이 뒤죽박죽이다.

튜브 버튼을 꾹 누르고 싶은 마음이 불쑥불쑥 올라왔지만 누르지는 않았다. 그걸 누르면 검사는 중간에 멈출 테고, 결국 시간은 더 지체될 게 뻔하다. 그러니 이를 악물고 끝내 참아내는 수밖에 없었다. 그 튜브가 내 인내심의 한계를 시험하는 도구 같았다. 열 번도 넘게 튜브를 누르고 싶은 마음을 참고 또 참았다.

그런데 계속 검사를 받다가 문득 이런 생각이 들었다. '왜 굳이 이런 굉음이 울려야 할까. 차라리 듣기 좋은 음악이 흘러나오면 어떨까?' 나중에 내가 좋은 음악을 만들어서 그 MRI 기계에 추가하고 싶다.

검사에 30~40분 걸린다고 했는데 체감상 거의 세 시간이었다. 계속 굉음이 울리고, 내 몸은 고정되어 있고, 눈을 뜨면 하얗고 검은 것들밖에 안 보여서 마치 영원히 끝나지 않을 것만 같았다. 하지만 결국 검사는 끝이 났다.

또 내 몸과 마음은 축 처졌다. 거기 들어가면 완전히 다른 사람이 돼서 나오는 기분이다. 옛날처럼 아빠에게 힘없이 안겼다. 30분이 아니라 한 시간이 지났다. 내 몸이 작아서 남들보다 검사하는 시간이 더 걸렸다고 했다.

　나는 병원에서 검사를 마치고 나면 아빠와 국밥집에 자주 간다. 그날도 지친 몸과 마음을 이끌고 국밥집으로 향했다. 배가 너무 고파서 허겁지겁 먹었다. 우리가 앉은 테이블 앞쪽에 국밥에 소주를 한잔하시는 아저씨가 앉아계셨다. 아, 오늘 같은 날은 나도 소주를 확 들이켜고 싶은데…… 스무 살만 돼봐라, 진짜!

　그런데 알고 보니 그 아저씨는 '욘니와치애' 구독자셨다. 우리 유튜브를 자주 보신다면서 응원한다고 이야기해주셨다. 좀 전까진 소주를 들이켜고 싶었는데…… 그 말을 들으니 지친 내 몸과 마음이 다 풀리는 기분이었다. 구독자를 만난 것도 무척 기분 좋았고, 따뜻한 응원의 말이 감사해서 불끈 힘이 났다.

　또 한 번 MRI 검사를 했으니 당분간은 하지 않아도 된다. 아니 당분간이 아니라 다시는 하지 않았으면 좋겠다. 으오아아아아!!!

모자는

내 운명

　모자는 나에게 포켓몬 같은 존재다. 계속 내 머리 위에 붙어 있으면서 나를 보호해준다. 나는 머리카락이 하나도 없는 데다 머리통이 크기에 비해 약하기 때문에 다치지 않도록 조심할 필요가 있다. 겨울에는 추위를 막기 위해 모자가 더욱 필요하다. 그래서 외출할 때면 모자는 필수다.

　사실 네 살 때까지는 모자를 쓰지 않고 살았다. 어릴 때는 내가 남들과 다르다는 것도, 다른 사람들이 쳐다본다는 것도 크게 의식하지 않았다. 처음 모자를 쓰게 된 건 에버랜드에 놀러 갔을 때다. 외할머니, 큰이모, 작은이모, 우리 가족이 모두 함께 갔다. 놀이기구를 타려고 줄을 서 있는데 사람들이 자꾸만 나를 쳐다보는 걸 느꼈다. 나만 느낀 게 아니다. 함께 갔던 가족, 친척들도 사람들의 시선을 불편해하는 느낌이었고 기분이 좋아 보이지 않았다. 그때 막연하게 '아, 내 머리 때문이구나' 하는 생각이 들었다.

사실 너무 어릴 때라 선명한 기억은 아니고, 단편적인 장면과 느낌들이 짧게 스치듯 떠오른다. 하지만 사람들의 시선이 유쾌하지 않았다는 것만은 분명하게 기억난다. 그날 근처에 있던 가게로 가서 처음으로 모자를 사서 썼고 그때부터 모자와의 일생이 시작되었다. 아직도 기억난다. 내 첫 모자는 연갈색이었다.

그렇게 하나하나 사다 보니 지금은 30개 정도를 가지고 있다. 사실 어릴 때는 사람들이 쳐다보는 게 너무 싫었다. 그 시선 때문에 괜히 움츠러들기도 하고 숨고 싶은 마음도 들었다. 친구들이 외계인이라고 놀리고 얼굴이 이상하다고 놀리는 일도 많았다. 그래서 '아, 내가 정말 이상한 건가' 싶은 생각도 들었다.

모자는 나를 숨겨주고 가려주고 보호해주었다. 무더운 여름날 땀이 흘러도 모자를 벗지 않았다. 모자 없이 나갈 때면 보호막 없이 무방비 상태로 나간 느낌이 들어서 싫었다. 사람들의 시선이 너무 신경 쓰이면 기분이 확 나빠져서 엄마와 아빠에게 집에 가자고 투정을 부리기도 했다.

이제는 조금 달라졌다. 사람들 시선을 훨씬 덜 의식하게 됐고 예전처럼 나를 가려야 한다는 생각에서 조금은 벗어났다. 노골적으로 쳐다보거나 이상한 시선을 대놓고 보내는 사람도 예전보다는 줄었다. 요즘에는 더우면 잠시 모자를 벗기도 한다.

그런데도 여전히 나는 모자가 좋다. 처음에는 나를 가리려고 쓰기 시작했지만, 어느새 나랑 잘 어울리는 운명의 단짝이 되어버린 느낌이다. 내가 모자를 좋아하니 모자 선물을 해주는 사람도 많다. 〈이태원 클라쓰〉의 조이서 역을 맡은 김다미 배우님이 사인한 모자를 선물해주셨는데, 제일 아끼는 모자 중 하나다.

계절이나 옷차림에 따라서 모자를 바꿔 쓰는 것도 좋다. 그러고 보니 나는 모자가 꽤 잘 어울리는 얼굴이다. 모자를 쓴 내 모습과 모자를 벗은 내 모습은 많이 다르지만, 둘 다 꽤 괜찮은 얼굴이라는 생각이 든다.

내 몸에
안성맞춤인

사계절

계절은 해마다 바뀐다. 그리고 나도 변한다. 지금은 여름이 멀어지고 점점 가을이 오고 있다. 각각의 계절마다 그 계절만이 지닌 느낌과 분위기가 있다. 아니, 그 계절에서 느끼는 나만의 느낌이 있다는 게 더 정확한 표현이겠지?

봄은 새롭게 시작하는 느낌이 든다. 겨울 추위가 사라지고 따스한 햇살이 포근하게 나를 감싸면 괜히 마음이 설렌다. 뭔가 연애를 하고 싶은 그런 감정이 든다. 특히 봄에는 꽃이 많이 펴서 눈이 즐겁고 모든 공기의 흐름이 아름다워지는 느낌이다.

아참, 한 가지 문제가 있다. 꽃은 좋은데 꿀벌이 너무 무섭다. 꿀벌들이 나에게 자비를 좀 베풀어주었으면 좋겠다. 아쉽게도 봄은 언제나 한순간에 지나가버린다. 제대로 느낄 겨를도 없이 사라지는 느낌이다.

그러곤 여름이 온다. 여름은 덥고 습하고 푹푹 찐다. 폭우와 더위가 좋을 사람은 없다. 육체적으로 힘들기도 하고 짜증이 날 때도 있지만, 가족이나 친구들과 놀러 가기에는 여름만 한 계절이 없다. 덥고 힘든 여름날 바다로 여행을 간다고 생각하면 신이 난다. 맑고 화창한 날씨에 내리쬐는 태양을 등지고 바다에 들어가면 얼마나 즐거운지…… 여름만이 줄 수 있는 행복이다. 그렇게 여름 바다에 몸을 담그고 있으면 그 시간이 영원할 것 같은 느낌이 든다.

느낌, 분위기! 계절이 바뀔 때마다 이 두 가지가 달라진다. 지금 이 글을 쓰는 계절은 늦여름, 가을이 막 시작되기 직전이다. 이맘때의 느낌과 분위기를 단어로 표현하자면 두근거림과 두려움이다. 다른 사람들은 어떨지 모르겠지만 나한테는 그런 느낌으로 다가온다. 계절은 항상 자연의 변화와 함께 그 모습을 바꾼다.

가만히 귀를 기울이면 새소리도 들리고 벌레 소리, 풀 소리, 바람 소리 등등이 들린다. 여름 무더위가 가라앉으면서 소리들이 더 선명해지고 있다. 이런 계절에 음악과 함께하면 더욱 힐링된다. 자연의 소리와 음악이 만나서 마음을 고요하게 해준다. 그러다 가끔 빗소리와 천둥소리가 그 고요를 깨뜨리기도 하는데, 그것도 저물어가는 여름이 주는 특별한 느낌이다.

여름이 지나면 가을이 짧게, 살며시 지나간다. 가을은 또 가을만의 느낌이 있다. 더위가 지나가고 서늘한 바람이 불면서 왠지 모르게 센티(?)해지는 그런 느낌. 나도 센티함을 아는 남자다.

가을에는 단풍잎이 떨어져서 그 단풍잎을 밟으면 기

분이 좋다. 그래서 걸을 때 낙엽들을 마구마구 밟는다. 가을도 봄처럼 빠르게 휙 지나가버린다. 그래서 더더욱 깊게, 예민하게 느낀다.

사실 내 몸에 좋은 계절은 봄과 가을이다. 나는 추위와 더위에 매우 취약하다. 더위에 워낙 약해서 쉽게 지치고 탈진하기도 한다. 반면 추우면 몸이 많이 움츠러들어서 전신이 피곤하고 머리가 아플 때도 자주 있다. 그런데도 내가 제일 좋아하는 계절이 여름과 겨울이라는 게 참 신기하다. 아니, 오히려 당연하다고 보는 게 맞다.

잔잔함과 고요함의 결정체인 가을과 봄에는 왠지 모르게 생각이 많아진다. 이런저런 인생의 고민부터 잡생각까지…… 아무튼 머릿속이 꽉 차곤 한다. 하지만 여름과 겨울은 다르다. 화끈하게 덥고 으스스하게 추워서 복잡하게 생각할 틈이 없는 걸까? 어쩌면 여름에는 바다가 있고 겨울에는 눈이 있어서 아무 생각 없이 즐길 수 있고 고민도 없어지는 건지 모르겠다.

여름에는 더위를 피하기 위해 열심히 발버둥을 친다. 조금만 더워도 나는 머리가 빨개지고 심장이 빨리 뛰어서 얼른 시원한 곳을 찾는다. 내가 수영할 수 있을 만한 바다를 엄마와 아빠가 열심히 찾고 분석해서 그리로 여행을 떠나 여름을 만끽한다.

겨울은 여름과 반대로 계절을 피하는 게 아니라 오히려 맞서 싸운다. 물론 너무 추운 날에는 집에 있는 게 맞지만, 나는 가만히 있지 못하는 아빠의 성격을 많이 닮았기에 집에만 있으면 지루해서 견디기 힘들다. 그래서 밖에 나가 눈썰매를 타거나 아빠, 수혜, 엄마와 함께 눈싸움을 한다.

2022년 겨울에는 아빠와 나 둘 다 마음이 너무 울적해서 눈이 수북하게 쌓인 밖으로 나갔다. 동네에 있는 산이라 그리 멀지는 않은 곳이었는데 하필 폭설이 온 날 차를 타고 간 게 문제였다. 대책 없는 행동을 많이 하는 아빠답게 그때도 "야, 그냥 가보자!" 하고는 냅다 액셀을 밟고 올라갔다.

어찌저찌 산에 올라가서 높은 경치를 보았다. 답답했던 내 마음도 추운 날씨 덕분에 시원해지는 기분이었다. 그때는 내가 한참 고민을 많이 하던 시기였는데 그 고민이 겨울까지 이어졌다. 다행히 겨울산에 오르니 얼얼한 추위와 함께 고민과 잡다한 생각들이 많이 덜어졌다. 그렇게 겨울도 겨울만의 맛이 있다.

다시 차를 타고 집으로 향했다. 아뿔싸! 눈이 쌓인 내리막길은 말 그대로 저승행인데…… 잘 내려가나 싶더니 차가 한없이 주우우욱 밀려서 전봇대를 들이받을 뻔하던 찰나, 아빠가 핸들을 돌려 다행히 살았다. 아빠는 대체 뭔 생각으로…… 아오 빡치네, 증말! 어찌 됐든 잘 살아남아서 다시 집으로 돌아올 수 있었다.

이렇게 사계절이 있고 매번 계절이 바뀌면서 다른 색깔, 다른 냄새, 다른 느낌과 분위기를 준다는 게 너무 다행이다. 주구장창 한 계절만 있었다면 사는 게 지루하고 재미없었을 것 같다. 계절이 변하듯이 사람들도 조금씩 변한다. 생각이나 행동도 바뀌고 관계도 달라진다. 어

사계절아,
고마워!

쩌면 그래서 더 살맛이 나는 게 아닐까 싶다.

사계절이 있어서, 이렇게 가만히 있지 못하는 정신없는 나를 더욱 생기 있게 만들어준다.

사계절아, 고맙다!!

내 두 번째
심장,

가면라이더

〈가면라이더〉는 내가 제일 좋아하는 취미이고, 내 두 번째 심장이다. 사실 나는 히어로물을 좋아하는데 다섯 살 때부터 관심을 갖기 시작했다. 나도 모르게 본능적으로 이끌렸다. 다른 애들은 무엇이든 자유롭게 만들고 마음대로 놀 수 있지만 나는 그러지 못했다. 그래서 나에게도 나만의 자유로움이 필요했다. 나는 그걸 〈가면라이더〉에서 찾았다.

일단 〈가면라이더〉에 끌린 건 너무 멋있어서다. 그야말로 간지가 철철 흘렀다. 거기다 주인공들이 잘생겨서 보는 맛이 있다. 흐흐. 주인공뿐만 아니라 다른 서브 캐릭터들도 모두 매력 넘치고 스토리도 너무 흥미롭다. 무엇보다 주인공과 캐릭터들이 혼자가 아니라는 점, 다 함께 힘을 모아 여러 시련을 극복해나가는 게 내 모습과 비슷해 보였다.

춘천에 살던 어린 시절에 〈천하무적 아머히어로〉를 본 적이 있다. 〈가면라이더〉를 알게 되기 전의 일이다. 아빠가 아머히어로 변신 장난감을 사주셨는데 파란색이었던 게 기억난다. 본격적으로 히어로물에 관심을 갖게 된 건 그 이후 〈가면라이더〉를 보고 나서다.

사실 만화를 싫어하는 아이들은 없으니까 어린 시절에는 대부분 만화를 보면 재밌어한다. 그 만화에 푹 빠져 살면서 장난감이나 관련 아이템을 모으기도 하고. 그러다 점점 자라서 중학생쯤 되면 만화를 안 보기도 하고, 질리고 싫증이 나기도 하고, 다른 걸로 취미가 바뀌기도 한다.

그런데 나는 그러지 않았다. 〈가면라이더〉는 시리즈가 계속되니 놓지 않고 계속 보게 되었고, 신기하게도 질리지 않았다. 특히 주인공만 활약하는 게 아니라 주변 인물들이 힘을 모아 같이 싸운다는 게 감동이었다.

주인공이 아무리 변신한다고 해도 사람이기에 약점이 있고 완벽하지 않다. 〈아이언맨〉의 토니 스타크도 그렇고. 그런데 주인공이 위기에 처하거나 좌절하면 언제나 주위 사람들이 그를 돕거나 힘을 모아준다. 무슨 일이든 혼자 하는 것보다 같이 하면 훨씬 더 큰 힘을 낼 수 있으니까. 어려운 상황이 닥쳐도 서로를 돕고 부족한 점을 메꿔주면서 견디고 극복해내는 게 참 좋다.

〈가면라이더〉 시리즈에 나오는 한 빌런이 이런 말을 한다.

"인간이란 건 참 염치없는 존재다. 결국엔 내가 없었어도 너희들은 다른 문제로 싸웠을 거다. 인간들의 욕심이란……."

그런데 인간은 자기들끼리 괴롭히고 싸우기도 하지

만 또 서로 돕고 다른 사람을 위해 희생하기도 한다. 난 그런 부분이 재미있다. 완벽하지 않지만, 그래서 서로 돕고 부족한 부분을 채워준다는 점이.

〈가면라이더〉는 나에게 힘을 주는 무한 원동력이다. 음악과 마찬가지로 고민이 있거나 화가 나는 일이 있을 때 〈가면라이더〉를 보면 단숨에 기분이 풀린다. 화가 날 때는 마음을 진정시켜서 가라앉혀주고, 기분이 처져서 우울해질 때는 마음을 띄워준다. 그렇게 내 마음과 기분을 달래주는 최고의 친구다.

그뿐만이 아니다. 〈가면라이더〉 완구는 살 때마다 늘 새롭고 좋다. 무생물이고 아무런 영양분도 없는 그저 플라스틱 덩어리지만 '가면라이더 벨트'를 차면 희한하게 힘이 솟는다. 몸이 아플 때 벨트를 차면 아픈 것도 금세 잊어버린다. 아픈 데 집중되는 게 아니라 그 벨트에 집중이 되어버려서다. 나는 이 정도로 〈가면라이더〉를 매우 매우 좋아한다.

한국에도 〈가면라이더〉 덕후들이 조금씩 늘어나고 있다. 나는 덕후들의 〈가면라이더〉 리액션을 보는 것도 좋아한다. 나랑 같은 걸 보고 같은 마음으로 좋아하는 사람들이 있다는 사실에 왠지 마음이 든든하다. 아마 이 해받는 느낌이라서 더 그런 것 같다.

내 방에는 벙커 침대가 있다. 〈가면라이더〉 때문에 샀다고 해도 과언이 아니다. 계단을 밟고 올라가면 침대가 있고 침대 아래쪽에는 나만의 작은 아지트가 있다. 그곳에 내가 하나하나 사서 모은 다양한 〈가면라이더〉 아이템들을 전시할 수 있어서 좋다. 무엇보다 내가 그동안 모은 것들을 보고 있으면 마치 팬으로서 자격증이라도 가지고 있는 것처럼 아주 뿌듯하다.

열심히 아이템을 사서 모았지만 여전히 부족함을 느낀다. 돈을 왕창 벌어서 내가 사고 싶은 것들을 모조리 사고 싶다는 생각도 한다. 덕후의 욕심은 끝도 없는 것 같다. 그렇지만 만약…… 아주 만약…… 나에게 자식이 생긴다면, 그때는 〈가면라이더〉를 내려놓을지도 모르겠다. 자식에게 더 애정을 쏟기 위해서. 아, 하지만 나는 결혼할 생각이 없으니 그럴 일은 아주 희박할 것이다.

〈가면라이더〉 팬으로서 나의 최종 꿈은 〈가면라이더〉에 직접 출연하는 것이다. 사실 해외 팬 중에선 카메오로 출연한 사람도 있다. 그야말로 완전 성덕이다. 언젠간 나도 그런 꿈을 이룰 수 있겠지!

소울 메이트

미겔

    초등학교 2학년 때 나는 프로제리아연구재단의 초청을 받아 미국 보스턴에 가게 되었다. 그 당시 프로제리아 치료제 연구를 하고 있었고, 내 병을 고칠 수 있는 약을 준다고 했다. 보스턴아동병원에 도착한 후 그 약을 받기 위해 여러 가지 힘든 검사를 해야만 했다. 나는 아픈 주사와 힘든 검사가 싫어서 눈물 콧물 다 흘리며 울고불고 난리를 쳤다.

    그러던 도중 나하고 똑같은 모습의 친구 미겔을 만났다. 미겔은 콜롬비아에 살고 있었고 나처럼 그 약을 받기 위해 보스턴아동병원에 오게 되었다고 했다. 미겔이 스페인어를 해서 스페인 통역가, 한국어 통역가 두 분을 통해 대화를 나누었다.

나와 같은 병을 가진 친구를 만난 게 무척 신기했다. 게다가 모습도 나와 너무 비슷했다. 사실 그때만 해도 우리나라에서 그 병을 가진 사람은 나뿐이었고, 나와 같은 병을 가진 사람을 만난 건 처음이었다. 더구나 나이와 키까지도 같은 친구를 만나다니……. 어렸을 때였지만 뭔가 신기하고 좋은 힘을 받은 것 같은 기분을 느꼈다.

나이를 먹고 이제야 들은 얘기지만, 아빠는 그 병원에서 미겔을 만난다는 걸 미리 알고 있었다고 했다. 하지만 나에게는 알려주지 않았다. 혹시라도 내가 미겔을 보고 크게 놀라거나 충격을 먹을까 봐 그랬다는 것이다. 그러나 아빠의 예상과 다르게 나는 충격받거나 놀라지 않았다. 오히려 나를 닮은 미겔이 무척 반가웠고 신기했다.

프로제리아라는 병을 가진 사람들은 왠지 성격이 비

슷한 것 같다. 미겔은 게임을 엄청 좋아하고 단것도 좋아한다. 그리고 성격이 약간 까칠하다. 나도 게임을 좋아하고 단것도 좋아한다. 미국에서 잠시 머무는 동안 숙소도 미겔과 같은 곳이었다.

숙소 안 거실에 큰 TV와 컴퓨터가 있었는데, 이른 저녁 미겔은 컴퓨터 앞에 앉아 게임에 몰두하고 있었다. 가족들이 자는 사이 나도 TV 앞에서 게임을 하기 시작했다. 시간이 조금 흐른 뒤, 아빠가 눈치를 채고 나를 찾으러 나왔다. 게임에 몰두한 나를 보더니 얼른 들어가서 자라고 했다.

하지만 나는 게임을 할 최고의 명분이 있었다. 미겔도 옆에서 게임을 하고 있었기 때문이다. 크크! 그날 밤 미겔과 나는 서로를 명분 삼아 신나게 게임을 해댔다.

보스턴아동병원에서 모든 검사가 끝나고 떠나려던 참이었다. 오래 만나온 사이도 아닌데 미겔 생각이 나서, 병원을 나서기 전 미겔을 잠깐 만나 얼굴을 보고 같이 사진을 찍었다. 한국으로 돌아와서도 가끔 미겔 생각이 났다. 나를 닮은 친구가 보고 싶었다.

보스턴에 다녀오고 3년 뒤인 2017년, 아빠에게 미겔을 한국으로 초대할 수 있다는 얘기를 들었다. 아주 반가운 소식이었다. 미겔과 미겔의 엄마가 인천공항에 도착하는 날, 얼마나 설렜던지 새벽 4시에 일어나서 아빠와 함께 공항으로 향했다. 나는 절대 새벽에 일어나는 법이 없는 인간이다. 그런 내가 그때는 정말 신기하게도 몸이 벌떡 일어나졌다.

비몽사몽 상태로 공항에서 미겔을 기다리고 있었다. 우리 쪽으로 달려오는 미겔이 보였다. 달리는 미겔의 모습에서도 반가움이 그대로 전해져왔다. 드디어 미겔을 만나다니, 너무도 반가웠고 신기했다. 그런데 반가움은 금세 걱정의 마음으로 바뀌었다. 미겔의 얼굴이 별로 좋아 보이지 않았다. 몸도 예전보다 건강하지 않은 것 같았다.

나는 보스턴아동병원에서 받은 약의 부작용이 너무 심해서 5일 만에 복용을 중단해버렸다. 하지만 미겔은 나와 달리 미국에서 받은 약을 계속해서 복용하고 있었다. 미겔의 몸 상태가 어떤지 확인하기 위해 우린 제주도로 떠났다.

　제주도에 도착하자마자 병원으로 간 건 아니고, 우선 충분한 휴식과 힐링을 했다. 게임박물관도 같이 가고 해수욕장에서 수영도 하고 제대로 즐기며 놀았다. 그리고 게임이 하고 싶어서 우리 둘은 제주도까지 가서도 PC 방을 끊을 수 없었다.

　PC방에 가서 그 당시 유행했던 '오버워치'를 재미있게 플레이했다. 미겔은 오버워치를 '오발와치'라고 발음했는데, 그 재미있는 발음이 지금도 기억난다. 우리 둘에겐 너무도 소중한 시간이었고, 추억으로 남을 기억이다.

　서울로 올라가기 며칠 전, 검사를 위해 제주도 한림병원으로 향했다. 그런데 병원에 가기 전 너무도 충격적인 사실을 들었다. 미겔만 검사를 하는 줄 알고 마음 놓고 있었는데 나도 함께 피검사를 해야 한다는 거였다. 아, 말도 안 돼. 너무 싫다.

아빠는 왜 하필 검사 하루 전에 그런 얘기를 하는 건지, 도무지 이해가 안 됐다. 내가 제일 싫어하는 피검사를 해야 한다는 것도, 그걸 숨겼다가 하루 전에야 알려준 것도 화가 났다.

현실을 부정하면서 혼자 방으로 들어가 숙소 방문을 쾅 닫아버렸다. 방 안에서 울먹거리고 있는데 미겔이 내 옆으로 다가왔다. 한국어 통역사분도 미겔과 같이 들어오셨다. 미겔이 통역사분에게 뭔가를 말하고 있었다. 통역사분을 통해 미겔이 한 말을 들었을 때 나는 매우 놀랐다.

"원기야, 너는 나의 소울 메이트야. 우리 같이 이 병을 꼭 이겨내자!"

나와 같은 병을 가지고 있는 내 친구가 나에게 그런 말을 해줄 수 있다는 것이 놀라웠다. 분명 미겔도 피검사를 겁내고 두려워하고 있었을 텐데 용기 내어 나에게 그 말을 해준 거였다. 게다가 소울 메이트라니…… 진심으로 감동이었고 갑자기 힘이 팍 났다.

결국 피검사를 했다. 미겔의 말에 힘을 얻어서 하긴 했지만 그래도 아프고 무서운 건 변하지 않았다. 피검사를 하는 동안 나는 크게 소리 내어 울부짖었다. 아빠가 나를 속였다는 사실과 주삿바늘의 고통이 너무 싫고 짜증 나서 확 소리까지 질렀다.

미겔은 나처럼 지랄발광을 하지 않았다. 주삿바늘의 아픔을 꾹 참으며 견디고 있었다. 하지만 많이 무섭고 겁났는지 미겔도 울고 있었다. 미겔이 나에게 '소울 메이트'라고 말해준 것이 생각나서 미겔의 손을 꽉 잡아주었다. 울고 있는 미겔의 손을 잡고 있던 그때 그 순간, 소울 메이트가 뭔지 살짝 알 것 같았다.

2017년 여름을 시작으로 2018년과 2019년에 연이어 네 번 정도 미겔을 한국으로 초대해 같이 검사도 받고 치료도 받게 해주었다. 매해 미겔을 만날 수 있다는 사실이 좋았다.

최근에는 한동안 미겔을 만나지 못했다. 코로나 때문에 초대할 수가 없었고, 우리에게도 사정이 있어서 미겔을 초대할 수 있는 상황이 아니다. 하지만 가끔 영상통화를 하며 우리는 서로의 근황을 주고받았다.

미겔은 수의사가 되는 게 꿈이라고 했다. 꽤 구체적인 목표에 놀랐다. 그리고 더 놀라운 건 내가 제일 싫어하는 수학이 제일 재미있다고 한 사실이다. 어떻게 수학이 재미있을 수가 있지……? 내가 공부를 하지 않는다는 말을 들은 미겔은 나에게 철 좀 들라고 말했다. 하하하하! 그 말에 크게 웃으면서 나는 속으로 '이놈 쉐끼'라고 했다.

지금은 연락이 잘 안 돼서 어떻게 지내는지 구체적인 소식을 알지는 못한다. 메시지로는 몸 상태가 약간 안 좋아졌다고 했다. 걱정이 되어서 마음속으로 간절하게 기도했다. 미겔의 건강이 좋아지기를…… 언젠가는 꼭 다시 만날 수 있기를…….

미겔이 처음 한국에 와서 다시 자기 나라 콜롬비아로 돌아갈 때가 생각난다. 언제 만나게 될지 모르기 때문에 우리는 큰 포옹을 하며 작별을 했다. 그때 미겔도 울고 나도 울었다. 자주 만난 건 아니지만 첫 한국 방문 후 미겔을 두세 번 정도 더 만나면서 깨달았다. 미겔은 나의 소울 메이트라는 것을……!

통역사가 있어야 정확한 말을 들을 수 있지만, 말이 잘 통하지 않아도 미겔이 무엇을 이야기하는지 마음으로 알 수 있었다. 게다가 지금은 기술이 많이 발달해서 파파고로 대화도 가능하니 마음으로 알지 않아도 된다.

이 글을 쓰는데 갑자기 미겔 생각이 난다. 또 만나서 재미있는 게임도 하고 바다에도 가고 싶다. 그리고 우리도 성장했으니 예전보다는 좀 더 의미 있는 이야기도 나눌 수 있겠지……. 미겔의 몸 상태를 정확하게 알 수 없지만 그래도 힘을 잃지 않을 거라 믿는다.

우리는 지구 반대편에 떨어져 있어도, 쓰는 언어가 완전히 달라도, 서로 통하고 믿는 소울 메이트니까!

미겔!

잘 지내냐? 난 요즘 운동도 하고 유튜브도 찍고 피아노도 치고 있어. 우리가 못 본 지 참 오래됐네. 지금 나는 네가 뭘 하는지 또 어떤 생각을 하고 있는지는 잘 모르지만 잘 지내고 있을 거라고 믿어. 네가 지내고 있는 그곳에서도 너를 잃지 않고 너의 꿈을 포기하지 않았으면 좋겠다. 나중에 내가 잘돼서, 그날이 언제일지는 모르겠지만, 꼭 너를 다시 만났으면 좋겠다. 만나서 게임도 하고 네가 좋아하는 김밥도 먹고 즐겁게 놀자!

힘내라, 미겔! 나도 힘낼게!

원기가

내 오랜
친구

피아노

나에게는 〈가면라이더〉 다음으로 좋아하는 취미가 있다. 바로 피아노 연주다. 피아노 건반을 처음으로 누른 건 초등학교 2학년 때였다. 이모가 쓰던 피아노를 우리 집에 선물로 보내주셨다. 그때까지만 해도 나는 피아노에 그다지 관심이 없었고, 엄마가 가끔 피아노를 쳤다. 엄마의 피아노 연주는 맑은 시냇물 소리처럼 듣기 좋았다.

운명처럼 피아노를 연주하게 된 건 내 스승님 덕분이다. 그럼 스승님을 잠깐 소개하도록 하겠다.

스승님은 내가 다니는 교회의 찬양대 지휘자셨고, 내 교회 선생님이기도 했다. 어느 날 스승님이 나에게 피아노를 가르쳐주고 싶다고 하셨다. 스승님은 원래 피아노 레슨을 하는 선생님이셨는데, 음악을 좋아하는 나로서는 좋은 기회라는 생각이 들어 스승님에게 피아노 레슨을 받기로 했다.

처음에는 아주 단순한 음으로 치기 시작했다. 사실 내가 악보를 볼 줄 몰라서 약간의 어려움이 있었다. 그러나 나의 위대하신 스승님은 억지로 악보 공부를 시키지 않으셨다. 스승님의 방식은 계이름 하나하나를 종이에 써주시는 것이었다. 계이름을 적는 게 상당히 귀찮은 일인데도 스승님은 늘 즐거운 마음으로 해주셨다. 그렇게 매번 나만의 악보가 완성되었다. 다른 사람들이 보면 그냥 낙서처럼 보일 수도 있지만, 나는 보면 바로 알 수 있었다.

그 악보는 스승님과 나만이 알아볼 수 있는 비밀 악보였다. 나만의 악보 덕분에, 나에게 맞는 방법으로 피아노를 알려주신 스승님 덕분에, 피아노를 배우는 일이 늘 즐겁고 새로웠다. '이번에는 또 어떤 곡을 배울까?' 기대감에 마음이 설레기도 했다. 그렇게 연습한 곡들이 쌓이고 쌓여서 꽤 난도 있는 곡에 도전하게 되었다.

그 곡의 이름은 〈인생의 회전목마〉였다. 예전에 지브리 영화들을 많이 봐서 익숙한 제목이라 반가웠다. 하지만 막막했다. 이걸 어떻게 완성시켜야 하나……. 하지만 스승님은 두려워하지 않으셨다. 또 언제나처럼 계이름을 하나하나 적어주셨고, 나 또한 나만의 방식으로 피아노 연주를 하기 시작했다.

마침내 〈인생의 회전목마〉 악보 한 장이 완성되었다. 연주하기가 굉장히 어려웠다. 예전에 쳤던 곡들은 〈언더 더 씨〉, 〈스타워즈〉 OST, 〈라이온 킹〉 OST, 〈플라이 미 투 더 문〉 등이다. 〈인생의 회전목마〉는 지금까지 쳐왔던 곡들과는 차원이 달랐다. 너무 어려워서 몸이 정지된 것처럼 손가락이 움직이지를 않았다.

하지만 내 스승님이 악보를 완성시켜주셨으니 나도

연주를 완성할 수밖에 없었다. 원래 레슨을 받을 때면 하루에 한 곡이 완성되었다. 몇 번 연주하면 자연스레 악보가 외워져 악보 없이도 연주할 수 있게 된다. 하지만 〈인생의 회전목마〉는 아주 천천히 한 장씩 한 장씩 완성되어갔다.

내 손가락이 유연하지 못해서 마음처럼 안 될 때는 짜증이 났지만 그래도 포기하지 않았다. 피아노를 치는 것이 즐거웠고, 새로운 곡을 배울 때마다 그 곡을 완벽하게 연주할 미래의 내 모습을 상상하면 두근거렸다.

마침내 나의 〈인생의 회전목마〉가 완성되었다. 예전에 '욘니와치애' 유튜브 채널에도 연주 영상을 올린 적이 있다. 스승님도 〈인생의 회전목마〉 연주를 들으시곤 감동받으셨는지 "원기야, 우리 이렇게 레전드 곡들을 계속 완성해나가자"라고 얘기해주셨다. 선생님 말씀을 듣고 나도 기대감에 부풀었다.

연주할 수 있는 곡이 하나둘씩 늘어나면서 음악에 대한 애정이 더 깊어지고 있다. 음악만큼 피아노에도 더

더욱 애정이 생겼다. 더 멋지게 연주할 내 모습이 나도 기대된다.

피아노를 치면 마치 반신욕을 하는 것 같다. 내 손가락이 건반 위를 조용히 움직이면 피아노에서 울리는 소리가 나를 감싸면서 춤을 춘다. 그럴 때면 마음이 편해지고 온전히 나 혼자 있는 느낌이다. 물론 가끔 틀려서 열받을 때도 있지만……!

피아노를 치다가 바람이 불어오면 내가 살아 있음을 느낀다. 한번은 〈인생의 회전목마〉를 치는데 피아노 방의 창문으로 바람이 후욱 들어왔다. 피아노를 치는 내 손가락에 바람이 느껴졌다. 그전에는 한 번도 경험하지 못했던 느낌이었다. 마치 내가 치고 있는 한 음 한 음이 살아서 움직이는 듯한 느낌이라고 할까?

내가 살아 있다는 것이, 피아노를 치고 있다는 것이 아주 생생하게 느껴지면서 마치 시간이 멈춘 것 같았다. 무척 신기했다. 살아 있어서 그런 느낌을 고스란히 다 느낄 수 있다는 것이 놀랍고 감사했다. 그리고 더 다양한 곡들을 치고 싶어졌다.

　나는 계이름을 못 보는 대신 악보를 외운다. 외우려
고 노력하지 않아도 몇 번 반복해서 연주하다 보면 어느
새 악보 없이 연주할 수 있게 된다. 서너 곡 정도를 외워
서 연달아 칠 때도 있다. 그럴 때면 정말 뿌듯하다. 천재
적인 재능까지는 아니지만, 마치 자기만의 능력을 갖고
있는 게임 캐릭터처럼 나만이 가진 능력같이 느껴진다.

　나의 인생곡은 〈서머〉다. 몇 달 전에 배웠는데 그 곡
도 처음에는 연주하기 매우 어려웠다. 생각처럼 잘 되지
않아서 괴로워하며 피아노를 쾅쾅 치기도 했다. 조금 느
린 속도였지만 항상 그랬듯이 결국 또 악보 하나를 완성
했다. 목적지를 향해 걸어가는 길이 다른 사람들보다 더
느리고 더 힘들 때가 있다. 그래도 나는 언제나 그 길로
나아간다.

　〈서머〉란 곡의 특징이 좀 빠르게 치는 것인데, 나는
다른 방식으로 친다. 손가락이 작아 천천히 친다. 굳이

마음 급할 것 없이 내 템포대로, 내 방식대로, 내 손가락이 움직이는 대로, 내 손가락이 내가 되어 천천히 곡을 완성시킨다.

내가 연주한 〈서머〉 영상도 유튜브에 올라와 있다. 이 곡의 작곡가 이름이 히사이시 조인데 누가 댓글에 '히사이시 욘니'라고 해주었다. 그만큼 연주를 잘했다는 칭찬으로 느껴져서 피식 웃음이 나왔다.

〈서머〉를 연주하다 보면 이 곡이 내 인생과 비슷하다는 생각이 든다. 빠른 듯하면서도 남들과는 다르기에 천천히 천천히 한 걸음 한 걸음 나아가는 인생. 그래서 나를 닮은 〈서머〉를 칠 때마다 내 마음이 풍성해지고 에너지가 충전된다. 손가락은 아프지만 힘이 불끈 솟는다.

이번에는 또 어떤 악보를 완성하게 될까?

나는 또 어떤 느낌으로 피아노를 치게 될까?

엄마와의

남해 여행

나는 가끔씩 몸의 변화나 생각의 변화 때문에 우울해질 때가 있다. 그래도 동생 수혜가 같이 있어줄 때가 많아 우울한 기분에서 빨리 벗어나곤 했다. 그런데 요즘은 수혜가 자신의 꿈인 모델이 되기 위해 준비하는 학교에 다니고 있다. 올봄, 이런저런 고민이 많아서 기분이 가라앉은 상태였는데 엎친 데 덮친 격으로 사랑의 상처(?)까지 받았다. 수혜는 바빠서 함께해줄 수가 없는 상황이었고, 나는 어디론가 훌쩍 떠나고 싶은 생각이 가득했다.

이번에는 엄마와 여행을 가기로 했다. 바로 남해! 수혜는 아빠가 집에서 돌보고 나는 엄마와 함께 남해로 2박 3일의 여행을 다녀오기로 한 것이다. 엄마와 둘이서 여행을 떠나는 건 처음이라 조금 새로운 기분이었다.

우리는 이른 오전에 출발했다. 차에서 음악을 들으며 드라이브를 즐겼다. 서울을 벗어나 낯선 곳으로 향한다는 사실만으로도 기분이 한결 좋아졌다. 남해는 거리가 꽤 먼 편인데 엄마는 나를 태우고 운전을 계속했다. 사실 엄마는 운전을 꽤 잘하는 베스트 드라이버다.

엄마와 함께 있는 차 안이 조용하면서도 포근했다. 우리 식구 중 제일 시끄러운 아빠가 없어서 더 그랬던 것 같다. 엄마와 단둘이 떠나는 여행, 단둘이 있는 차 안. 허전하면서도 조용했고 조용하면서도 고요한 그 느낌이 좋았다.

중간에 대전에 들러서 점심을 먹고 빵을 사서 남해로 향했다. 차창 밖으로 저 멀리 바다가 보이기 시작했다. 바다를 본다는 것만으로도 이상하게 마음이 편해졌다.

마침내 남해에 도착했다. 숙소는 바로 앞으로 바다가 보이는 곳이었다. 첫째 날에는 체력 회복을 위해 푹 쉬었고 다음 날 금산 산장으로 향했다. 내 체력이 정상까지 갈 정도로 강하지는 못해서 크게 욕심내지 않기로 했다. 조금 올라가면 산과 바다를 보며 라면을 먹을 수 있는 곳이 있다고 해서 일단 그곳을 목적지로 정했다.

산길은 울퉁불퉁하고 중간중간 계단도 많아서 등산 스틱의 도움을 받아 걸었다. 하지만 너무 힘들 때는 엄마의 도움도 받았다. 스탠딩 캐리어인 피기백라이더에 올라타면, 엄마가 그걸 등에 메고 걸었다. 피기백라이더는 처음 사용해봤는데, 덕분에 조금은 편하게 산길을 올라갈 수 있었다. 사실 엄마 등에 업혀서 더 편안했을 거다. 그리고 아주 든든했다.

자연 속으로 들어가니 마음이 편안해졌다. 산길을 걸어가는 내내 맡는 나무 냄새, 흙냄새가 마음을 다독여줬고 새들도 많이 만났다. 바람에 나뭇잎이 사각사각 부딪히는 소리가 들렸다. 사실 나는 귀가 예민한 편이라 자연의 소리가 반겨주는 곳에 가면 더 편안함을 느낀다.

어쨌든 산길을 오르는 게 쉽지는 않았다. 턱이 높은 계단을 오를 때는 다치지 않게 골반을 기울여서 올라가야 했다. 하지만 엄마의 응원 덕분에 힘을 낼 수 있었고 안전하게 잘 오를 수 있었다.

엄마는 내가 힘들어할 때면 속도를 내지 않아도 된다고 말해주었다. "원기야, 아주 잘하고 있어." "한오백년 걸어도 되니까 천천히 가자. 빨리 갈 필요 없어." 그렇게 걷고 쉬고, 피기백라이더에 타고, 또 걷고 쉬고를 반복하면서 금산 산장으로 향했다.

열심히 걸어서 드디어 목적지에 도착했다. 산 아래를 내려다보며 라면과 파전을 먹었다. 그곳에서 아기 고양이도 만났고, 날아가는 매도 보았다. 내가 너무 흥분해서 '덱수리'라고 하는 바람에 엄마랑 한바탕 웃기도 했다. 그날 날씨가 썩 좋지는 않았지만 여행 버프 덕에 아주 즐거웠다.

우리는 산을 내려와 피자집으로 향했다. 우리 가족

이 남해에 가면 꼭 들르는 피자집이다. 문득 이런 생각이 들었다. 맛있는 것도 많이 먹고 아름다운 자연을 바라보며 힐링하고…… 나는 꽤 즐거운 삶을 살고 있다고.

이번 여행에서 무엇보다 좋았던 건 엄마와 단둘이 대화를 나눌 수 있었다는 점이다. 사실 우리 가족은 서로 이야기를 많이 하는 편이라 숨기는 게 전혀 없다. 그래서 엄마와 평소에 하지 않는 특별한 이야기를 나누거나 새삼 비밀을 털어놓거나 하진 않았다. 그럴 게 없으니까. 하지만 집이 아닌 곳에서 짧게 주고받는 대화 속에서도 아주 큰 힘을 얻었고 사랑을 느꼈다.

엄마는 "힘내!" "우리 원기, 충분히 멋있어" 하면서 기운을 북돋워주는 말을 자주 해준다. 여행하면서도 "힘내자!" "멋있어, 등산가 같네"라는 말을 끊임없이 해주었다. 그런 엄마의 응원과 여행 덕분에 다시 힘을 낼 수 있었다.

엄마와 남해에 다녀오고 나서 내 안에 있던 고민들

은 사라졌고 나는 다시 일상으로 돌아왔다. 이게 바로 여행의 묘미인 것 같다. 떠날 때는 설레고 집으로 다시 돌아갈 때는 마냥 아쉽지만, 여행 덕분에 힘을 채우고 그 힘으로 오늘을 살아가게 된다.

특히 가족과 함께한다면 그 효과가 배가 되어서 더 힘이 난다. 여행은 언제나 좋다. 가족과 함께라면 더 좋다. 일상에서 벗어나 먼 곳으로 또 여행을 떠나고 싶다. 무한한 공간 저 너머로!

뜨끈~~~한

목욕

　나는 목욕을 아주 좋아한다. 엄마가 아기 때 목욕을 하루에 두 번 시켜준 효과가 아직 남아 있는 건지 몰라도, 아무튼 목욕을 하면 기분도 좋고 몸 컨디션도 좋아진다. 목욕탕에 가서 사우나를 하는 것을 좋아하지만 집에서 반신욕을 하는 것 또한 좋아한다.

　집에서 목욕을 할 때면 아빠가 욕조를 깨끗이 닦아준다. 그다음은 내 몫이다. 찬물과 뜨거운 물을 번갈아 채우면서 적당한 온도를 찾는다. 이게 아주 중요하다. 나는 대부분 물 온도를 기가 막히게 잘 맞춘다. 나는 뜨끈

뜨끈한 물을 선호하는 편인데 한번은 물 온도를 잘못 맞춰서 용광로에 몸을 담글 뻔한 적도 있다. 오우, 지금 생각해도 화끈하다. 내가 원하는 물 온도가 완성되면 탕 안에 티백을 넣거나 거품 소금을 넣어서 탕을 향기롭게 만들기도 한다.

만반의 준비를 마친 후 탕에 들어간다. 크흐흐, 이렇게 얘기만 해도 반신욕의 느낌이 물씬 난다. 음악도 함께 곁들이면 온전히 나만의 세상이다.

일단 처음에는 다리를 먼저 담그고 천천히 들어가기 시작한다. 한번에 팍 들어가면 똥꼬가 너무 뜨거워서 낭패를 볼 수 있다. 여러분도 조심하시길!

온도에 점점 적응되면 몸을 다 담가버린다. 엎드려서 물의 따뜻함을 오롯이 느껴보거나 아니면 수영하듯이 이리저리 물장구를 친다. 바닥에 물이 다 튀지만 뒤처리는 내가 하면 되니까 괜찮다(사실 아빠가 한다. 흐흐).

몸이 너무 덥다 싶으면 찬물을 끼얹고 다시 탕에 들

어간다. 나는 목욕을 아주 오래 한다. 시간 가는 줄 모르고 마음껏 즐긴다. 목욕을 다 마친 후 화장실 문을 열면 상쾌하고 시원한 공기가 내 몸을 감싼다. 호우! 이 맛에 목욕을 하는 거다. 아, 목욕 후에는 빙그레 바나나맛 우유가 진리다.

한계를

느낄 때

  나는 가끔 내가 가지고 있는 병 때문에 한계를 느끼고 발목을 잡힐 때가 많다. 어릴 때는 키가 작아서 놀이공원의 놀이기구를 탈 수 없었다. 학교에 다닐 때는 수학여행이나 체육대회, 크고 작은 행사들이 있을 때마다 참석하지 못했다. 연애도 쉽지 않았고, 운동도 맘처럼 잘 안 됐고 자전거 타기, 농구, 축구 등도 구경만 했다. 어릴 때는 막연히 그런가 보다 했는데, 나이 들면서 안 되는 것들이 많은 건 내 병 때문이라는 걸 알게 되었다.

남들에게는 당연한 일이 나에게는 당연하지 않다는 것을 처음 느낀 것은 놀이공원에서였다. 내 또래 친구들은 모두가 타는 놀이기구를 키 때문에 나만 탈 수 없었다. 롯데월드에서 120센티미터 키 제한에 걸려 바이킹을 탈 수 없었을 때는 굉장히 슬픈 기분이 들었다.

그 이후로도 오랫동안 나는 키 제한에 걸려서 대부분의 놀이기구를 탈 수 없었다. 신나게 놀려고 간 놀이공원에서 매번 거절당하고 퇴짜 맞는 기분이란……. 그럴 때는 희망에서 절망으로 뚝 떨어져버린다.

나의 신체적 한계와 체력 때문에 하지 못하는 게 많다는 사실에 불쑥불쑥 짜증과 화가 났다. 혼자 소리를 지르고 울기도 했다. 한번은 키 때문에 놀이기구를 탈 수 없다는 직원에게 "왜 나만 안 돼요!"라며 짜증을 낸 적도 있다(죄송! 그땐 제가 어렸어요).

2018년, 열세 살이 되자 내 키가 드디어 120센티미터를 돌파했다. 비로소 바이킹을 타기에 모자람 없는 키가 된 거다. 엄마와 함께 줄을 기다리며 바이킹을 탔다. 매우 두근거리고 설렜다. 제일 가운데에 자리를 잡고 탔다. 마침내 바이킹이 움직이기 시작했다. 위아래로 움직였는데 무척 신이 나서 소리를 질러댔다. 아드레날린이 마구 뿜어져 나왔다. 그때만큼은 잠시 내 병도 잊어버렸다.

하지만 이제 다시 바이킹을 탄다 해도 그때의 짜릿함은 느끼지 못할 것 같다. 그리고 사실 타러 가기 귀찮아졌다. 솔직히 지금 내가 제일 원하는 건 '여자친구'를 사귀는 거다. 하지만 아직까지 단 한 번의 연애 경험도 없다. 용기를 내서 고백해본 적이 없기 때문이다. 사실 고백을 하기도 전에 내가 좋아한다는 걸 눈치채고 먼저 나를 차버리는 경우가 많았다. 그래서 나는 흔히 말하는 모태 솔로다. 하~ 인생 참!

어렸을 때도 좋아하는 친구가 생기면 제대로 고백하기 전에 미리 차였다. 그러다 보니 좋아하는 여자친구 앞에서는 점점 더 소심해진다. '내 병 때문에 고백해도 거절당할 거야'라는 생각이 무의식 속에 깊이 깔려 있는 것 같다.

'머리카락도 없고 키도 작은 나를 과연 좋아해줄까?' '이런 내 모습이어도 괜찮을까?' 하는 두려운 마음이 나를 한없이 작게 만든다. 고백에 실패하고 차이면 언제나 마음이 아프다. 제대로 고백이라도 했으면 속이라도 후 련할 텐데…… 고백조차 못 해보고 차이는 건 대체 뭐냐고요.

하지만 다행인지 뭔지, 그 아픔도 그리 오래가진 않는다. 나는 뭐든 잘 잊고 잘 흘려보내는 성격이라 실연(?)의 아픔도 오래 담아두는 편은 아니다. 그러곤 또다시 다른 누군가를 좋아하게 된다. 왜 누군가를 좋아하는 마음은 지치지도 않는 걸까? 제대로 고백조차 못 하면서 말이다.

병 때문에 한계를 느낄 때는 또 있다. 학교 친구들이 나보다 키가 훨씬 커질 때다. 나와 비슷했거나 조금 컸던 친구들이 어느새 내 키를 넘어 훌쩍 커지는 걸 보고 있으면 조금 기운이 빠진다. 지금은 받아들였지만 그래도 가끔 속상한 마음이 드는 건 어쩔 수 없다. 체육대회나 수학여행 같은 학교 행사에 참여하지 못하는 것도 속상했다. 엄마 아빠가 단속을 하기 때문이다. 물론 내 체력과 건강을 위해 막아주는 거지만.

친구들과 함께하는 여행에 참여하고 싶어서 7학년(중학교 1학년) 때 통영으로 가는 수학여행에 참여한 적이 있다. 친구들과 하는 여행이라 무리해서 간 거였는데, 숙소가 나에게 맞지 않았다. 조를 나눠서 여행 준비를 하고 숙소도 식사도 다 아이들끼리 정해서 하는 여행이었다. 친구들과 다 함께 지내는 게스트하우스 형태의 방은 내가 오래 앉아 있거나 눕기에 너무 불편했다.

결국 새벽 첫차로 돌아왔다. 고집부릴 일이 따로 있다는 걸 알게 됐다. 그날 이후론 안 되는 건 안 되는 거라는 걸 받아들였다.

어렸을 때 나는 감기 몸살에 자주 걸렸다. 한번 감기 몸살이 오면 아주 심하게 앓았다. 열이 펄펄 나고 몸도 너무 힘들고 아파서 마치 몸살이 영원히 지속될 것만 같은 느낌이었다. 그렇게 '나는 아무것도 할 수 없는 건가'라는 생각이 들 때면 나 자신에게 화가 나서 크게 울부짖곤 했다.

하지만 이젠 다르다. 난 성장했다. 내 병을 받아들였다. 병과 함께 살아가는 것에 익숙해졌다. 내가 못 하는 것들에 화를 내고 짜증 내며 시간을 낭비하고 싶지 않다. 왜냐하면 내가 못 하는 것들이 있는 반면 할 수 있는 일, 잘할 수 있는 일들이 더 많기 때문이다.

늘 지지해주고 힘이 되어주는 가족과 친구들, 나를 좋아해주는 유튜브 팬들이 있으니 한계 따위는 느낄 필요가 없다. 나를 괴롭히는 내 병과 맞서 싸우는 수밖에!

나를
도와준

친구들

　나는 지금 학교를 그만두고 사회인의 생활을 하고 있다. 하지만 학생이었던 때가 있고 그때 나를 도와주던 고마운 친구들이 있었다. 가끔 그때의 일들이 생각나면 그리움, 고마움과 함께 힘이 솟곤 한다.

　어렸을 때 기억에 남았던 에피소드 몇 가지가 있다.
　그중 첫 번째 에피소드는 내가 일반 초등학교 1학년 때 있었던 일이다. 그때는 자신감, 자존감이 1도 없던 때라서 아주 위태위태한 상태였다. 초등학교에 입학한 첫

날, 처음 접하는 모든 것들이 낯설고 힘들었다. 교실에 다 함께 모여 있는데 왠지 나만 혼자라는 외로움도 느껴졌고, 외롭다 못해 무서운 느낌까지 들었다. 친구들 시선이 신경 쓰여서 혼자서 괜히 움츠러들기도 했다. 심지어 화장실 갔다 와도 되냐는 말을 울면서 물어볼 정도였다.

첫날 수업이 끝나고 이어서 첫 방과후 수업이 시작되었다. 영어 방과후 수업이었는데 그 수업엔 다른 반 아이들도 다 모여 있었다. 다른 반 아이들까지 모이니 불안했던 나의 상태는 더 안 좋아졌다. 게다가 하필 수업 시작 전에 다른 반 애들이 나를 보고 수군대며 놀리고 있었다. 결국 나는 울음이 터지고 말았다.

초딩 때라 너무 어려서 어떻게 대처해야 할지 몰랐던 것도 있다. 그리고 속으로는 '저 새끼…, 아니 저 친구들이 왜 나를 이상하게 쳐다보며 놀리지?' 하는 마음이 가득했다. 나를 보고 킥킥대고 수군거리는 게 이해가 안 돼서 화가 났다. 그런 마음에 눈물이 팡 터져버렸다. 그런데 그때 나를 대신해서 화를 내준 친구가 있다. 현우라는 아이다.

현우가 나 대신 버럭 화를 내며 "왜 쳐다봐!"라고 말해주었다. 친구들의 놀림으로 충격을 받아 우는 나로서는 현우가 너무도 고마웠고, 든든하고 안심이 되었다.

나 대신 현우가 화를 내자 교실에는 잠시 정적이 흘렀다. 나를 놀리던 친구들은 당황해서 아무런 대꾸도 하지 못했다. 결국 그 친구들은 방과후 선생님께 혼이 났고, 나는 처음이자 마지막 방과후 수업을 그렇게 마쳤다. 놀림의 충격이 커서 그 수업을 바로 그만두었다.

그날 학교 앞을 터벅터벅 걸었다. 뭔가 허무한 느낌도 들고 화도 났다. 또 눈물이 나오려고 하는데, 그 순간 옆에서 같이 걷던 현우가 모래사장으로 가서 모래를 마구마구 파냈다. 내 기분이 별로 좋지 않은 걸 눈치챘던 것 같다. 나도 옆에서 모래를 마구마구 파내면서 스트레스를 풀었다. 혼자가 아니라서, 옆에 친구가 있어서 안심이 되고 든든했다.

"지금은 자주 만나지 못하지만, 아주 고마웠어. 현

우야!"

두 번째 에피소드는 대안학교에서 일어난 이야기다. 나는 일반학교에서 대안학교로 전학을 갔다. 일반학교를 계속 다니다가는 또 어떤 일이 일어날지 모르기 때문에 좀 더 안심되는 학교로 옮기기로 했다. 엄마 아빠가 좋은 학교를 계속 찾다가 밀알두레학교라는 기독 대안학교를 알게 되었다. 당시 우리는 삼성동에 살고 있었는데 밀알 두레학교로 전학을 가기 위해 멀리 남양주로 이사했다.

처음 밀알두레학교에 갔을 때는 역시나 떨리고 두려 웠다. 선생님들이 나를 어떻게 보실지, 또 친구들은 나를 어떻게 쳐다볼지……. 새로운 곳이라 낯설기도 했고 사람들 시선이 신경 쓰여서 움츠러들었다. 하지만 괜한 걱정 이었다. 생각과 달리 선생님들과 친구들은 아주 좋은 사람들이었다. 일반학교가 나쁘다는 이야기는 절대 아니다. 밀알두레학교는 자유로운 분위기라 더 열려 있고, 좋은 사람들이 그만큼 많다는 뜻이다.

친구들은 나를 놀리거나 이상하게 쳐다보지 않았고 오히려 반갑게 맞아주었다. 왠지 안심되고, 따뜻하게 나를 맞아준 친구들에게 고마웠다. 밀알두레학교로 전학한 후 좋은 친구들을 만나고 많은 것을 경험하며 나는 조금씩 달라졌다. 긍정적이고 자신감 있는 '원래의 나'를 되찾은 느낌이었다.

시간이 지나 2학년 겨울이 되었을 때다. 마침 미국 보스턴아동병원의 초청을 받았고 미국으로 떠나게 되었다. 미국으로 가기 전 친구들이 나를 위해서 쓴 롤링 페이퍼를 건네주었다. 친구들의 마음이 담긴 따뜻한 편지들이었다. 치료제를 받기 위해 먼 나라인 미국의 병원에 가야 하는 내게 친구들의 편지는 정말 큰 위로가 됐다. 미국에서 심심하거나 힘이 들 때면 나는 그 편지들을 한 줄 한 줄 곱씹으며 천천히 읽었다.

벌써 9년이나 지난 일이어서 편지 내용이 자세히 기억나진 않는다. 하지만 친구들의 편지 하나하나에 이 말이 들어 있었다. "꼭 너의 병을 고칠 수 있을 거야." "너의 몸은 더 튼튼해질 거야!" 그 어린 나이에 친구를 위해 그런 말들을 해준다는 것에 무척 감동했고 힘이 났다.

아빠도 그 편지들을 읽으면서 몇 번 울컥했다. 워낙 몰입을 잘하는 성격이라…… 크흠! 아무튼 그 편지가 나에게 영양제 역할을 해주었다. 한국에 다시 돌아와서도 친구들의 편지를 내 방에 간직해두었다.

지금은 밀알두레학교에 다니고 있지 않다. 중간에 학교를 그만둔 탓에 뭔가 깔끔하게 달성하고 나온 것 같지 않아서 아직도 조금은 미련이 남는다. 그래서 문득 이런 생각을 했다. '많이 유명해져서 밀알두레학교에서 강연을 해보는 거야. 더 멋진 사람이 되어서 학교로 가자.'

이 두 가지 에피소드는 내 인생에서 평생 남을 이야기다. 곁에 있던 소중한 친구들 덕분에 내 인생이 얼마나 달라졌는지 느낄 수 있으니까. 지금은 학교 친구들과 자주 만나는 편은 아니다. 하지만 친구들이 나를 기억해주었으면 좋겠다. 나도 친구들을 계속 기억하려 한다. 그때의 고맙고 소중한 마음과 함께.

나의 친구들, 언젠가 또다시 만나기를!

원. 기. 옥.

밴드

나에게는 아주 소중한 기억이 있다. 평생 안고 갈 소중한 기억. 바로 원기옥 밴드와 함께 공연했던 일이다. 2021년 겨울, 아빠가 새로운 책을 한 권 썼고 책 홍보를 위해 북 콘서트를 열기로 했다.

아빠는 나에게 북 콘서트에서 피아노 연주를 해달라고 부탁했다. 하지만 나는 왠지 노래를 부르고 싶었다. 그때만 해도 변성기가 오지 않아서 웬만한 음은 커버가 되었다. 그리고 내가 약간(?) 절대음감이라서 음을 틀리거나 놓치는 법도 없었다.

내가 하고 싶은 게 있으면 아빠는 언제든 내가 바로 실행할 수 있도록 도와준다. 북 콘서트를 위해 나의 음악 선생님인 백하슬기 교수님과 상의했다. 교수님은 나 혼자서 하는 노래, 내 목소리만으로 채우는 노래도 좋지만 여럿이 함께 하는 음악은 어떠냐며 제안해주셨다. 밴드와 함께 연주하면서 노래를 부르면 훨씬 멋있을 것 같다는 말씀이었다.

그렇게 즉석에서 밴드를 만들기 시작했다. 우선 음악을 함께 할 분들을 모았다. 나를 포함해 총 여섯 명의 원기옥 밴드가 결성되었다. '원기옥 밴드'라는 이름은 백하슬기 교수님이 낸 아이디어인데, 내 이름 홍원기를 활용해서 만들었다. 그때 구호도 함께 만들었다.

"한 번뿐인 인생! 불태워보자!! 원! 기! 옥!!!"

이 구호는 나랑 원기옥 형님들이 함께 만들었다. 우리는 총 다섯 곡의 노래를 연습했다. 내가 가장 좋아하는 〈가면라이더 고스트〉 오프닝 곡도 포함되어 있었다. 마침 크리스마스 시즌이라 겨울과 잘 어울리는 〈라스트 크리스마스〉〈렛 잇 비〉도 함께 연습했다.

우리는 각자 조금씩 다른 능력을 갖고 있었다. 기타, 베이스, 드럼, 보컬 등 잘하는 것들이 모두 달랐다. 나는 보컬을 담당했다. 하지만 모든 노래를 내가 다 부르면 목도 많이 아플 테고 약간 부담이 되어서, 엄마도 원기옥 밴드에 함께 참여했다. 엄마 목소리도 나 못지않게 좋아서, 우리 목소리는 잘 어우러졌고 시너지가 났다. '욘니와 치애' 유튜브에서 불렀던 〈바람의 빛깔〉도 함께 연습했다.

콘서트 연습을 하는 동안 정말 행복했다. 나는 많은 사람과 함께 이야기하고, 뭐든 함께하는 걸 좋아한다. 각자만의 개성과 색채를 지닌 원기옥 형님들, 그리고 백하슬기 교수님과 함께하니 가슴이 두근거리고 기뻤다. 공연 연습을 하는 시간도, 함께 밥을 먹는 시간도 모두 행복하고 소중했다. 겨울이라서 두근거리는 감성이 더 극대화된 것 같다.

2021년 12월 10일 북 콘서트, 아니 원기옥 밴드 콘서

트가 시작되었다. 처음은 〈이태원 클라쓰〉 OST인 〈시작〉
으로 시작했다. 너무 떨렸지만 원기옥 형님들과 함께라
즐겁고 기쁜 마음이 먼저 들었다.

　중간중간 아빠의 코멘트도 있었는데, 어…… 좀 많이
지루했다. 책 소개도 하고 감동적인(?) 말도 했다. 그리고
내 소울 메이트 미겔도 온라인으로 잠깐 만났다. 인터넷
이 원활하지 못해서 소통의 문제가 약간 있었지만, 소박
하고 행복하고 따뜻한 시간이었다. 그렇게 우리들의 시
간은 흘러갔다.

　마지막으로 피날레를 장식할 때가 왔다. 내가 제일
좋아하는 〈가면라이더 고스트〉의 오프닝 곡을 그것도
풀버전으로 불렀다. 제목은 〈우리는 생각한다, 고로 존재
한다〉로 굉장히 철학적이다. 일렉기타와 베이스 전주가
흐르면서 노래가 시작되었다. 내 마음이 불타올랐다. 힘
이 넘쳐흘렀다.

　콘서트에 참석한 관객들도 그 에너지를 받은 것처럼
느껴졌다. 첫 미니 공연이어서 어설픈 부분도 없잖아 있
었지만 나에게는 굉장히 의미 있는 시간이었다. 무엇보

다 혼자가 아니라 '함께'여서 더 소중했다. 내가 노래를 부르는 동안 악기를 다루시는 원기옥 형님들도 왠지 모르게 행복해 보였다.

나는 그날 음악의 또 다른 면을 깨달을 수 있었다. 바로 함께한다는 것의 소중함! 혼자 하는 음악도 그것대로 좋지만 함께한다면 행복도 즐거움도 배가 된다. 이걸 비유하자면 내가 좋아하는 곡인 영국 팝그룹 클린 밴딧의 〈심포니〉와 비슷하다. 처음은 클래식 악기로 시작하고 나중에 EDM 음악까지 섞이면서 더 신나고 더 풍성해진다. 우리가 함께 만들어내고 연주하는 음악도 그랬다.

요리하는 것과도 비슷하다. 다양한 재료들이 만나 맛이 어우러지고, 적정한 불의 온도, 각종 양념 등이 더해지면서 최고의 요리로 완성된다. 원기옥 밴드와 함께 나는 그날 최고의 요리를 완성했다. 과정은 힘들고 조금은 어설펐지만 함께해서 힘들지 않았고 함께라서 두렵지 않았다.

〈가면라이더〉 오프닝을 마침내 다 부르고, 아빠의 북 콘서트는 끝이 났다. 아니, 나의 첫 번째 밴드 공연이 다 끝났다. 그제야 힘이 들었다. 그런데 마음은 정말 가득 차올랐다. 기쁨, 행복, 성취감으로!

서로서로 수고했다고 인사해주고 안아주고 작별 인사를 나눴다. 집에 돌아오는 길에 어찌나 추운지 온몸이 오들오들 떨렸다. 하지만 마음만은 정말 따뜻했다. 그날 나는 최고의 하루를 살았다.

지금 원기옥은 다 흩어져 있다. 서로 어디서 뭘 하는지 정확하게 알지 못한다. 하지만 언젠가 원기옥 밴드가 다시 뭉치는 그날이 왔으면 좋겠다.

윈 기옥 밴드

윤니와치애

나는 유튜버다. 지금은 채널이 많이 성장해서 80만 명의 구독자를 보유하고 있다. 하지만 여기서 성장이 멈출 채널이 아니다. 충분히 더 커질 수 있다. 물론 채널이 성장하고 유명해지면서 거기에 따르는 문제들도 조금은 있고 감당해야 할 것들도 늘어난다. 간혹 좋지 않은 댓글이 달리는 것도 그런 문제 중 하나다. 가볍게 무시하며 삭제하는 댓글도 있고, 눈살을 찌푸리게 하는 댓글도 보인다.

몇 개월 전에 내 정곡을 찌른 댓글을 발견했다. 내 병에 대한 이야기부터 여러 고민을 담아 하소연하듯 이야기한 영상이 있었다. 그냥 솔직한 내 마음을 구독자들에게 전달하고 싶어 올린 거였다. 그런데 그 영상에 "너의 병 때문에 여기까지 온 것이고 병이 아니었다면 택도 없었을 일이다" "지금도 충분한데 뭘 더 바라냐" "철이 없다"는 내용의 댓글이 달린 것이다.

사실 딱히 기분 나쁘지는 않았다. 그 댓글에서 하는 말이 반은 틀렸지만 또 반은 맞기 때문이다. '그래, 뭐 아주 틀린 말은 아니네'라고 생각했다. 물론 나의 병 때문에 유튜브를 시작했고 유명해진 건 사실이다. 하지만 나는 오로지 내 병만을 소개한다거나, 그걸 소재로 주요 콘텐츠를 올리지는 않는다.

프로제리아를 앓고 있어도, 이런 모습을 하고 있어도 즐겁고 밝게 살아가는 모습을 보여주고 싶었다. 맛있는 것도 먹고 열심히 운동도 하고 피아노도 연주하고 춤도 추면서……. 나는 내가 좋아하는 것들을 하면서 있는 그대로의 '나'를 보여주는 유튜버다. 내가 프로제리아를 앓고 있다는 것, 그 또한 나의 모습이니까 영상에서 어떻게든 언급되고 영향을 미치는 건 당연한 일이다.

욕심이 많다는 댓글도 있었다. 악플은 아니지만, 내 생각을 좀 이야기하고 싶었다. 맞다. 나는 욕심이 아주 많다. 〈가면라이더〉를 살 때의 나를 생각하면 욕심이 많다는 걸 특히 잘 알게 된다. 하지만 그게 뭐 어때서?

나에게는 큰 꿈이 있고 그 꿈을 이루고 싶다는 뜻으로 말하고 행동하는 것뿐이다. 남에게 해를 주는 이기적인 욕심이 아니라 내 꿈에 대한 욕심이다. 크고 넓은 꿈을 꾸고 욕심을 내는 건 절대 나쁘게 볼 일이 아니라고 생각한다. 그 욕심을 두고 어떻게 노력하고 행동하는지가 중요한 거다.

사실 내 채널에 오시는 분들 중에는 좋은 사람들이 훨씬 더 많다. 재미난 영상을 보며 즐거워해주시고, 힘이 나고 기분이 좋아지는 따뜻한 댓글들을 많이 달아주신다. 그런 걸 보면 뿌듯함에 성취감이 들고 유튜브 활동을 더 열심히 해야겠다는 결심을 하게 된다. 그러니 악플 따원 신경 쓰지 않는다.

처음에는 유튜브를 직업으로 생각하지 않았다. 그냥 가벼운 취미 정도로만 생각하고 시작했다. 하지만 아빠는 코로나로 집에만 있어야 했던 2020년부터 유튜브에 대해 나와 다른 생각을 갖고 있었다. 아빠는 유튜브를 우리의 또 다른 길, 꿈으로 생각했다. 그래서 굉장히 열정적이었고 일주일에 한두 번씩 영상을 찍어 올리는 걸 꾸준히 반복했다.

당시 먹방이 유행이어서 아빠와 함께 먹방도 열심히 찍었다. 억지로 먹지는 않았다. 맛없는 음식을 맛있는 척하며 먹는 건 가짜니까 그러기 싫었다. 많이 먹지도 않았다. 우리 먹방은 많이 먹는 콘셉트가 아니라 딱 먹을 수 있는 만큼만 맛있게 먹는다. 나는 인내심도 부족하고 위도 작아서 많은 양의 음식을 빠르게 먹을 수 없기 때문에 무리하지 않았다.

솔직히 고백하자면, 그때 유튜브 운영을 두고 아빠

와 갈등이 있었다. 아빠는 유튜브를 열심히 하려는 열정이 넘쳤던 반면 나는 조금 귀찮아하고 부담스러워했다. 나는 취미 정도로 여겼고, 아빠는 본격적으로 유튜브를 키워보려고 했다. 서로 목표가 달랐기 때문에 티격태격할 수밖에 없었다.

하지만 2022년, 농림축산식품부 촬영을 하면서 내 생각이 달라졌다. 나도 유튜브를 점점 직업으로 생각하기 시작한 것이다. 농림축산식품부에서 먼저 우리에게 연락해주었고, 농림축산식품부와 콜라보해서 영상을 찍었다.

지방에 내려가서 그 지역의 여러 가지 농축산물들을 먹어보고, 우리 농축산물이 어떻게 자라는지 배워 영상에 담았다. 그분들이 소중하게 키운 농축산물이 어떤 과정을 통해 우리 식탁에까지 오는지도 알게 되었다. 그리고 다양한 분들을 만났다. 녹차를 재배해 차로 만드시는 분도 만났고 농사일을 하며 밭을 가꾸는 분도 있었다.

많은 곳을 돌아다녔고, 그 과정에서 느끼는 것도 배우는 것도 많았다. 각자의 위치에서 최선을 다하는 사람들이 있다는 걸 그때 새삼 깨닫게 되었다. 그런 분들 덕분에 우리가 맛있는 음식을 먹을 수 있다는 것도, 또 각자의 자리에서 열심인 사람들 덕분에 세상이 돌아간다는 것도.

힘들고 지쳐도 자신의 일에 최선을 다하는 건 정말 중요하다. 특히 즐겁게 잘할 수 있는 일에 최선을 다하면 최고의 결과물을 만들어낼 수 있다.

다양한 사람들을 만나면서 '욘니와치애' 채널을 더 소중히 여기게 되었다. 누군가 내게 어떤 일을 하는 사람이냐고 묻는다면 당당하게 소개할 수 있다.

"나는 피아노도 치고 노래도 부르고 운동도 하고 춤도 추고, 그 외에 다양한 것들을 할 수 있는 유튜버입니다" 하고 말이다.

유튜브 채널 운영을 위해 뒤에서 많은 도움을 주는 이들이 있다. 수혜와 아빠는 주로 유튜브 콘텐츠 아이디어를 많이 짜고 또 만들어낸다. 영상 편집은 수혜가 주로 한다. 농림축산식품부 촬영도 전부 수혜가 편집했다. 나는 유튜브 출연에만 집중하고 그 외의 일은 하지 않았다. 하지만 유튜브에 매진하고 열정이 생기면서 이제는 나도 조금씩 회의에 참여하고 영상 아이디어도 낸다. 유튜브 제목 아이디어는 주로 내가 내는 편이다.

나는 목표가 있다. 목표가 있으면 그 목표에 맞게 행동해야 한다. 지금 내 목표는 유튜브 구독자 100만 명 달성이다. 100만 유튜버가 되어서 골드 버튼을 받아보고 싶다.

그것이 끝이 아니다. 나는 스스로를 장애인과 비장애인 사이, 가운데에 서 있는 사람이라고 생각한다. 약점과 한계를 지닌 경계인으로서 용기를 내어 많은 것에 도전해보고 싶다. 그리고 내가 느끼는 것들을 자유롭게 이야기하고 표출해서 많은 이와 공감하고 싶다.

나처럼 특별한 병을 가진 사람들이 내 유튜브 채널을 보고 조금이나마 용기와 위로를 받았으면 좋겠다. 그래서 가장 강력하고 선한 영향력을 가진 유튜버가 되기를 바란다. 언젠가 더 유명해지고 돈도 많이 벌게 되면 나와 같은 병을 가진 친구들에게 내가 받은 줄기세포 치료를 받게 해주고 싶다. 나만 잘되는 게 아니라 함께 서로를 도울 수 있는 미래를 꿈꾼다.

p.s. '욘니와치애'라는 유튜브 채널명은 내가 지었다. 나랑 수혜가 어렸을 때 내 이름 원기는 '욘니'라 부르고, 동생 이름 수혜는 '치애'라고 불렀다. 우리가 서로를 그렇게 불렀던 게 생각나서 유튜브 채널명을 '욘니와치애'로 하자고 내가 의견을 냈다. 지금 생각해봐도 우리와 딱 맞는 기가 막힌 이름이다.

난
뉴진스의

버니즈

　나는 '뉴진스'의 팬 '버니즈'다. 처음부터 내가 직접 관심이 생겨 팬이 된 건 아니었다. 내 친구 백하슬기 교수님이 뉴진스라는 신인 걸그룹이 나왔다고 얘기해주셔서 '한번 들어볼까' 하며 노래를 다 들어봤다.

　처음 들은 곡이 데뷔곡 〈어텐션〉이었는데 몇 초 안 돼서 엄청난 충격을 받았다. 세상에 이런 아이돌 노래가 있다니……! 그 순간부터 〈어텐션〉 〈하입보이〉 〈쿠키〉 〈허트〉를 반복해서 듣기 시작했다. 노래들이 전부 너무 대단했다. 그렇게 바로 입덕을 해버렸다.

덕후 기질이 상당한 나는 노래를 들으면서 첫 음악방송이 언제인지 몇 시에 시작하는지부터 확인했고, 첫 음악방송을 본방송으로 볼 수 있었다. 본방 시작 15분 전부터 TV를 틀어놓고 기다렸다. 설레고 떨리고 두근거리는 마음으로 기다렸고, 드디어 음악방송이 시작되었다.

〈엠카운트다운〉이 데뷔 첫 음악방송이었는데, 보는 순간 모든 기억이 조작되어버렸다. 〈하입보이〉를 추는 뉴진스를 보는데, 화면이 사라지고 마치 내가 그 무대 앞에 서서 직관하는 느낌이었다. 특히 〈하입보이〉는 노래도 너무 좋고 멤버들 착장도 기가 막혀서 최고의 궁합이었다. 처음에는 도무지 누구를 최애로 할지 고를 수가 없었다. 멤버들 한 명 한 명 다 매력이 넘쳤고 완벽 그 자체였기 때문이다.

나는 특히 〈하입보이〉를 미친 듯이 들었다. 그때가 7월이었는데 밝고 청량한 느낌이 계절과 너무 잘 맞아떨어졌다. 아침에도 듣고 한가할 때도 듣고 양치할 때도 듣고 차 안에서도 듣고 루틴처럼 계속 들었다.

차 안에서 〈하입보이〉를 처음으로 들었을 때의 신선함과 두근거림이 아직도 생생하게 되살아난다. 지금까지 그 노래를 2천 번 넘게 들었을 정도다. 오버하는 게 아니다. 정말 그렇게 계속 들었다. 너무 좋으니까 질릴 수가 없다.

뉴진스의 멤버 중 내 최애가 정해지지 않다가 결국 정해졌다. 〈OMG〉〈디토〉컴백 뮤비를 보다가 노래하며 등장하는 뉴진스의 하니 모습을 보고는 심쿵. 바로 '아, 이분이다!' 해버렸다. 그렇게 내 최애가 정해졌다.

덕후니까 당연히 앨범도 있고 포카도 있다. 뉴진스 굿즈도 제법 많은데 제일 핫하고 중요한 아이템인 뉴진스 가방도 갖고 있다. 데뷔 때 작고 간편한 핸드백을 앨범으로 팔았는데, 우리 이모도 뉴진스의 광팬이라서 이모에게 그 가방을 선물로 받았다. 실용성이 매우 뛰어나서 외출할 때 매일매일 메고 다니는 내 애착 가방이 되어버렸다.

또 하늘의 도움으로 뉴진스의 첫 팬미팅인 버니즈 캠프도 갔었다. 내가 좋아하는 뉴진스를 본다고 생각하니 기쁘면서도 무척 두근거렸다. 팬미팅을 경건하고 즐거운 마음으로 즐기기 위해 일주일 전부터 주문해둔 응원봉도 들고 갔다. 7월이라 날씨가 무진장 더웠다. 밖은 정말 찜질방 그 자체였다. 한참 줄을 섰다가 공연장 안으로 들어갔다.

팬들이 엄청나게 많았다. 역시 뉴진스는 괜히 뉴진스가 아니었다. 공연장 안에서는 거의 모두가 응원봉을 들고 있었다. 역시 준비하길 잘했지, 응원봉이 없었으면 뻘쭘할 뻔했다. 근데 신기한 게 내 응원봉 불을 켜니까 주변 응원봉들과 똑같은 빛을 냈다. 마치 "난 뉴진스의 버니즈예요!"라고 인증하는 것 같았다.

점점 팬미팅 시간이 다가왔다. 내 심장 박동이 점점 빨라졌다. 뉴진스는 과연 어디에서 나타날까 하며 설레는 마음으로 주변을 두리번거렸다. 마침내 버니즈 캠프가 시작되었고 뉴진스가 나타났다! 주변 팬들의 환호성이 크게 울려 퍼졌다. 소리가 엄청나게 컸다. 우선 자기소개를 시작으로 뉴진스는 데뷔곡인 〈어텐션〉 무대를 선보였다.

실제 무대를 직관하니까 화면으로 볼 때하고는 또 달랐다. 정말 신이 났고 이 맛에 콘서트에 가는구나 싶었다. 버니즈 '캠프'라서 캠프파이어를 하듯이 뉴진스는 중간중간에 미니 게임도 하고 마지막에는 멤버들끼리 편지도 읽었다. 내가 제일 좋아하는 곡인 〈하입보이〉 무대도 보았다.

주변 팬들의 응원 소리를 듣고 뉴진스가 춤추는 모습을 보니 내 몸에서 소름이 돋았다. 난 내가 좋아하는 것들, 피아노 연주나 〈가면라이더〉 보기를 하면 소름이 돋고 전율을 느끼는 편이다. 뉴진스는 그날 여섯 개의 곡과 마지막에는 스포일러로 〈ETA〉 무대도 보여주었다.

정말 알차고 즐거운 팬미팅이었다. 여운이 쉽게 가시질 않았다. 팬미팅에 다녀오고 난 후 며칠 동안은 팬미팅 현장의 분위기가 생각나서 더더욱 뉴진스를 만나보고 싶은 마음이 간절해졌다.

덕후 기질이 충만한 나지만 제대로 아이돌 덕질을 한 건 뉴진스가 처음인 것 같다. 이 마음 이대로 계속 뉴진스를 응원하고 싶다. 사실 뉴진스 전에 좋아했던 아이돌이 있긴 했지만…… 지금 이 정도는 아니었다(그분들에게는 조금 죄송하다). 내 마음이 워낙 왔다갔다 해서…… 에헴…….

근데 왠지 뉴진스는 계속 내 최애가 될 것만 같다. 어, 이렇게 말해놓고 또 한눈팔 수도 있지만…… 어찌 됐든 난 지금은 뉴진스를 가장 좋아하고 있다. 계속 뉴진스 영상을 보고 있고 지금 이 글도 뉴진스의 노래를 들으면서 쓰고 있다. 내가 부디 끝까지 뉴진스를 좋아하기를 바란다. 하하!

덕질의

역사

이미 말했지만 나는 뉴진스를 매우 좋아한다. 뉴진스 말고도 예전부터 나는 뭐 하나에 빠지면 완전히 몰입하는 덕후, 오타쿠였다. 엄마 아빠는 항상 내 취향을 존중해주었기 때문에 웬만해서는 하고 싶은 걸 다 하게 해주었고 갖고 싶은 것도 웬만해선 사주는 편이었다. 그래서 나름 내 덕질의 역사는 화려하다.

일단 아주 어렸을 때는 주로 클레이를 가지고 놀았다. 손으로 쪼물락대며 뭔가를 만드는 게 좋았다. 그리고

유치원생이 되어서는 〈파워레인저 캡틴포스〉 〈또봇〉에
빠졌다. 예전에 엄마와 함께 코엑스에 간 적이 있는데 그
곳에서 너무 가지고 싶었던 캡틴킹을 산 기억이 난다. 만
화에 나오는 그 모습 그대로라 멋있었다. 어릴 적의 나는
그걸 아주 소중히 다루며 가지고 놀았다.

크리스마스 선물로 〈파워레인저 캡틴포스〉와 관련된
장난감을 또 받았다. 캡틴포스로 변신할 수 있는 변신기
였는데, 만화에 나오는 캐릭터들의 변신 포즈를 잘 따라
하는 게 내 특기 중 하나다. 만화를 보며 변신 포즈를 유
심히 살펴보고는 하나하나 기억해두었다가 나중에 장난
감을 만지며 똑같은 제스처를 취한다.

현실에서는 아무것도 변하는 게 없지만 내 머릿속
에서는 어떠한 변신도 가능하다. 화려한 CG로 새로운
세상을 만들고, 슈트까지 입혀지면 멋진 히어로가 되어
있다.

이 정도 몰입을 해야 덕후라고 할 수 있지 않나 싶다.
〈또봇〉이라는 레전드 만화에도 한창 몰입하던 때가 있었

는데, 그 로봇도 크리스마스 선물로 받았다. 초딩이 된 후로는 어릴 때보다 좀 더 여러 가지 소비를 해댔다. 솔직히 덕질에는 돈이 좀 든다.

한때는 포켓몬 카드에 환장해서 마구잡이로 그 카드를 샀다. 보통은 그걸 사서 배틀을 하는데 나는 그냥 모으는 것만으로도 즐거웠다. 내가 원하는 포켓몬 카드를 뽑을 땐 입가에 미소가 지어지며 아주 만족스럽다. 그렇게 해서 내가 모은 포켓몬 카드는 2천 장 정도다.

레고에 빠진 적도 있다. 고모부가 레고를 좋아하셔서 만날 때마다 새로운 레고들을 선물해주셨다. 나도 조립하고 만드는 것을 좋아해서 한번 집중하면 금방 만든다. 흩어져 있던 블록들이 제 위치를 찾아가며 새로운 형체로 탄생하는 게 너무 흥미롭고 재미있었다. 마치 게임을 하는 것 같기도 했다.

한번은 심하게 몸살에 걸린 적이 있는데 고모부께 받은 레고를 조립하면서 몸살을 이겨내기도 했다. 혼자 거실에 앉아서 시름시름 앓는 몸뚱이를 움직이며 레고를 열심히 조립했다. 지금 생각하니 좀 웃기기도 한데……
조립하는 데 너무 집중해서 아픈 걸 잠깐 까먹은 것도
같다.

이게 끝이 아니다. TV를 틀어놓고 내가 좋아하는 프
로그램을 보고 있으면 행복하지 않을 수가 없다. 여러 번
이야기했지만 〈가면라이더〉는 어릴 적부터 계속 봐오며
가장 좋아하게 된 것 중 하나다. 따로 소비하는 것들이
있어서 어렸을 때는 〈가면라이더〉 아이템을 많이 사지
못했다. 〈가면라이더〉까지 샀다면 개털이 될 수도 있으
니……. 나도 자제를 아는 인간이다.

갖고 싶어도 만화를 보면서 참았다. 포켓몬 카드, 레
고 등등은 금방 질려서 졸업했지만 〈가면라이더〉만큼은
나와 함께 자랐다고 해도 될 정도다. 게다가 노래가 죽인
다. 가끔 내가 좋아하는 시리즈의 오프닝 곡을 흥얼거린
다. 그럴 때면 세상 행복하다.

내 초딩 시절, 〈또봇〉을 뛰어넘은 레전드 시리즈가

하나 있다. 바로 〈터닝메카드〉라는 애니메이션이다. 그때만 해도 상상을 초월하는 만화였다. 완구도 판매했고 뉴스에 나올 정도로 엄청 유명했다. 당연히 덕후인 나로선 안 살 수가 없었다. 거기에 나오는 자동차들을 '메카니멀'이라고 부르는데 나의 첫 메카니멀은 타나토스였다.

이 캐릭터를 특별히 기억하는 이유가 있다. 학교 친구와 서로의 장난감을 교환했다가 다시 서로에게 돌려준 일이 있다. 그런데 그 장난감의 다리 한쪽이 박살이 나서 돌아온 거였다. 보통 때라면 속상해서 울었을 테지만 나는 울지 않았다. 우리 엄마는 손재주가 워낙 좋아서 그런 걸 잘 고쳐준다. 작은 철 고리로 잘린 다리를 감쪽같이 붙여주었다. 주로 장난감을 사주는 건 아빠의 일이고 고치는 건 엄마 담당이다. 환상의 듀오다.

〈터닝메카드〉 시리즈도 고모부가 많이 사주셨다. 지금은 다 사촌동생에게 넘겨주었지만, 내 어린 시절 추억과 함께 기억에 남을 만화다.

그 재미있는 〈터닝메카드〉도 끊었는데 〈가면라이더〉

는 내 안에서 절대 사라지지 않았다. 처음에는 한국어 더빙이 된 버전을 보았는데 내 몸과 지식이 자라면서부터 배우들 입 모양과 말소리 싱크가 안 맞는 게 무척 거슬렸다. 더빙 버전이라 그렇다는 걸 알게 되었고, 우연히 네이버에 검색을 했다가 한국어 자막이 달린 오리지널 버전을 찾았다.

당시 초등학교 5학년이었는데 그때부터 〈가면라이더〉 오리지널 버전 시청을 제대로 하기 시작했다. 매주 일요일 아침 9시에 아사히TV에서 방영하면 네이버에 나오는 시간은 10시에서 11시다. 처음에는 무자막 상태로 열심히 시청하고, 오후 2시에 자막이 나오면 다시 시청한다. 늘 이런 루틴으로 나만의 의식을 치르듯 시청했다. 덕분에 일본어 공부에도 조금은 도움이 되었다.

물론 직구도 열심히 해댔다. 그때는 벨트 하나만 있어도 든든하고 즐거웠는데…… 점점 욕심이 많은 인간으로 자라면서 언제부턴가는 모든 아이템이 다 갖고 싶어졌다. 〈가면라이더〉 중에서 내가 딱 꽂힌 시리즈가 있었는데 결국 그 시리즈 아이템을 전부 모았다.

사실 덕질에는 단점과 장점이 명확히 있다. 한 시리즈에서 신제품들이 갱신될 때마다 사야 하니 돈이 많이 나간다는 단점이 있다. 반면 열심히 모아서 나중에 전시된 것을 볼 때의 만족감과 풍만함은 최대 장점이다.

무슨 개소린가 싶겠지만, 난 내가 산 것을 후회하지 않고 만족한다. 지금까지 내가 모은 것들 중 어느 하나도 중고로 팔 생각이 없다. 거기에는 나의 애정, 시간, 추억이 모두 들어 있기 때문이다. 사실 〈가면라이더〉의 매력은 끝이 없다. 계속 나오는 새로운 시리즈, 여러 캐릭터가 지닌 매력, 멋지고 번지르르해서 갖고 싶게 만드는 벨트 등 다양한 매력이 흘러넘친다.

나에게 특히 좋은 점은 똥이 마려울 때 벨트를 차면 급속으로 소화가 되면서 똥이 잘 나온다는 점이다. 벨트가 배고픔도 잠시 없애주고 소화도 잘 시켜주니 아주 만병통치약이다. 난 정말 이 정도로 〈가면라이더〉에 진심이다.

신제품이 출시되면 존버를 타며 광클해서 나의 벨트를 손에 넣는다. 그럴 때도 아주 짜릿하고 기분이 좋다. 간절히 원하던 게 내 품으로 들어올 때의 희열이란……. 반대로 품절이 돼서 놓치면 매우 화가 치민다. 웬만해선 나는 가지고 싶은 신제품들을 놓치지 않는 편이다. 내가 아빠에게 현금을 주면, 아빠가 그 돈으로 무통장 입금을 해서 구매를 한다. 아빠와의 비밀 거래는 지금도 계속되고 있다.

만약 〈가면라이더〉와 뉴진스 둘 중 하나를 택하라고 하면? 후우, 너무 심각한 문제다. 인생 최대의 고민이 될 거다. 하지만 지금은 바로 〈가면라이더〉를 선택한다. 그런데 만일…… 말도 안 되는 확률로 뉴진스를 만나게 된다면……? 그럼 바로 뉴진스를 택할 거다. 나는 양은냄비 같은 사람이라서 한없이 가볍다.

나에게 덕질은 만병통치약이다. 힘들고 화나고 슬플 때뿐 아니라 허구한 날 내가 좋아하는 〈가면라이더〉 벨트를 차고 있다. 또 몇 번이고 반복해서 뉴진스 직캠을 보고 노래를 듣는다. 그러고 있으면 화가 났던 마음도 가라앉고, 슬픔도 덜어지고, 고민이나 걱정도 사라진다. 다시 밝은 기운과 함께 힘이 솟구친다. 그 힘으로 즐겁게 오늘을 산다.

상상 놀이의

즐거움

나는 상상 놀이를 자주 한다. 특히 잠들기 전 밤에 여러 상상을 하는 편이다. 최근 들어와서는 더 많이 자주 한다. 이루고 싶은 꿈과 목표를 생각하고, 그것들이 이상적으로 펼쳐지는 모습을 상상해보는 거다. 내가 자주 하는 상상은 아주 유명한 유튜버가 되어서 여러 사람과 만나고 콜라보를 하는 것이다. 그리고 또 한 가지는 평범하게 태어난 나를 상상하는 것이다.

상상 놀이는 당장 현실에서 이뤄지지 않는다 해도 그 자체로 행복하다. 상상에서 깨어나 다시 현실을 자각하게 되더라도 아무렇지 않다. 상상할 수 있어서 좋고, 왠지 내가 상상한 대로 될 것만 같은 그런 느낌이 좋다.

잠깐! 정신이 나가버린 것은 절대 아니니 오해하지 않았으면 좋겠다.

내가 유명인이 되어 여러 사람에게 인정받는 상상을 할 때는 이런저런 디테일이 많이 추가된다. 일단 내 스튜디오가 생기고, 아주 어려운 피아노곡을 멋지게 연주한다. 또 아름다운 음악을 만들어서 그 음악을 노래하고 내 음악에 호응해주는 팬들…… 이런 상상을 하다 보면 그 일이 실제처럼 느껴지면서 행복한 기분이 마음을 채운다.

뉴진스 생각도 많이 한다. 뉴진스의 광팬이니까 뉴진스 생각을 하는 건 너무 당연한 일이다. 사실 내 또래라서 그런지 친구처럼 지내는 모습을 많이 생각하는 것 같다. 제일 맏언니 두 명이 나하고 두 살 차이밖에 나지 않는다. 상상 속에서는 같이 노래도 부르고 맛있는 것도 먹고 사소한 이야기를 나누며 즐겁게 지내곤 한다.

물론 팬으로서의 마음도 크지만, 또래로서 사람으로

서 친구가 되고 싶은 마음이 더 크다. 나하고 동갑인 멤버도 있고 수혜하고 동갑인 멤버도 있다. 나랑 동갑인 사람이, 내 또래가 유명한 아이돌이 되어서 많은 사람에게 주목받는다는 것. 유튜버인 나로서는 그 점이 부럽기도 하다.

하지만 좋은 점만 있지 않다는 것도 안다. 아이돌이니까 관리를 위해 먹고 싶은 것도 참아야 하고, 매번 해내야 할 일들도 많을 테고, 여러 가지 스케줄을 소화하느라 정말 많이 힘들 거라고 짐작한다.

그래서 아침에 눈을 뜨면 가끔 이런 생각을 한다. '뉴진스는 나처럼 잠을 푹 자지 못했겠지? 지금 무얼 하고 있을까? 바쁜 스케줄 때문에 또 얼마나 피곤할까?' 뉴진스를 생각하면서 '나도 오늘 하루 열심히 살자' '충실하고 멋지게 내 일을 해내자' 하는 마음을 먹기도 한다.

아…… 그런데 정말 한 번쯤은 꼭 개인적으로 만나보고 싶다.

평범한 내 모습을 상상할 때는 뭔가 슬픈 마음이 들면서도 두근거린다. 특이하고 복잡한 감정이 많이 든다. 아빠의 유전자를 그대로 물려받았다면 180센티미터인 수혜보다 내 키가 분명 더 컸을 거다. 그리고 머리숱도 많았을 거고 얼굴도 더 잘생겼을 테지. 분명 지금보다 더 자유롭게 살았을 거다.

상상 속에서는 키 때문에 현실에서 해보지 못한 것들을 시도해본다. 농구도 하고 덩크슛도 해보고(아빠가 농구를 많이 좋아했다고 들었다) 또 오토바이도 탄다. 바람을 몸으로 느끼며 광란의 질주를 한다. 또…… 담배도 피워본다. 크크! 병을 가진 지금도 꽤나 자유롭게 사는데 평범하게 컸다면 얼마나 더 자유로웠을지…….

평범한 나를 상상하기도 하지만 아주 판타지 같은 상상을 할 때도 있다. 특히 하늘을 날아다니는 상상을 많이 한다. 답답한 기분이 들거나 유독 힘들 때 자유롭게 하늘을 날아다니는 상상을 하면 기분이 한결 좋아진다. 63빌딩 같은 높은 곳에 올라가 훅 다이빙을 한 다음,

순식간에 독수리로 변해서 높이 날면…… 와, 상상만 해도 속이 뻥 뚫리는 듯 시원하다.

현실에서 하늘을 높이 날아다니는 독수리들을 보면 나도 똑같이 날아다니는 제스처를 취한다. 만약 내가 다시 태어난다면 독수리로 환생해 아름다운 하늘을 만끽하며 날아다니고 싶다. 하지만 어디까지나 상상이다. 인간으로 태어났으니 인간으로서 할 수 있는 일들을, 또 하고 싶은 것들을 하며 살아야겠지.

'내가 평범하게 태어났더라면……' 혹은 '내가 독수리가 된다면……' 등의 상상을 해보지만 평범하지 못한 인간으로 태어난 걸 원망하지는 않는다. 나는 지금 이대로의 나를 사랑하고 있다. 다만 '난 왜 이렇게 태어났을까?' 하는 생각은 가끔 해본다. 원망이 아니라 그냥 나란 존재에 대해서 호기심을 갖고 생각해보는 거다.

나는 병을 가지고 태어났지만 살면서 많은 것을 경험하고 느끼며 살아가고 있다. 때로는 아주 작은 일에 감사하며 소중함을 느끼곤 한다. 아마 내가 평범하게 태어났더라면 그런 사소한 것들의 감사함을 몰랐을지도 모른다.

　나는 오늘도 여러 가지 상상을 하며 꿈을 꾸고 잠이 든다. 현실의 나도, 상상 속의 나도 어쩌면 모두 나다.

그래,
난

외계인이야!

어렸을 때도 지금도 나를 따라다니는 별명이 있다. '욘니'도 내 별명이지만 더 자주 들었던 말은 바로 '외계인'이다. 유튜브를 하기 전에도 사람이 많이 있는 곳에 가면, 어린애들이 나를 보고 "외계인" 하면서 수군거렸다. 그럴 때면 당연히 기분이 좋지 않았다. '나 외계인 아닌데…… 같은 사람인데!'

이상한 시선, 들으라는 듯 수군거리는 소리에 억울하고 화가 났다. 조금 다르게 생겼을 뿐인데 굳이 왜 이렇게까지 나를 쳐다보는지, 그 시선은 뭔지 이해를 할 수 없었다. '욘니와치애' 유튜브 채널이 활성화되면서 인스타와 유튜브에 주로 올라오는 이모티콘이나 댓글이 있다. 바로 '외계인'. 예나 지금이나 증말……!

그러던 어느 날 거울을 보다가 확 깨달아버렸다. 사람들이 나를 보고 도대체 왜 외계인이라고 하는지. 나도 내 얼굴이 언제나 좋게 보이는 건 아니다. 어느 날에는 거울에 비친 내가 너무 비쩍 말라 있는 모습이고, 또 어떤 날에는 피부가 아주 반딱반딱한 모습일 때도 있다.

한번은 수영을 마치고 샤워를 하고서 로션을 바르려고 거울을 바라보았다. 어라? 내 모습이 외계인처럼 보였다. 낯설고 신기해서 계속 거울을 쳐다봤다. 이리 보고 저리 봐도 외계인이었다. 그런데 하루가 지나고 다음 날 거울을 보니 이번에는 엄마 아빠 얼굴을 닮은 모습의 내가 보였다.

그렇게 거울 속에 비친 나에게서 외계인의 모습을 본 나는 그 이후로 SNS 댓글에 외계인 짤이 올라와도 예전처럼 화가 나지 않는다. '그래그래, 나 외계인이야!' 하고 넘어간다. 왜냐하면 내가 스스로 그 모습을 보았으니 더 이상 화낼 이유가 없다.

어쩌면 우리 모두 지구라는 행성에 살고 있는 외계인일지도 모른다. 외계인처럼 생겼다는 말이 아니다. 외계인을 제일 많이 닮은 사람은 나니까 여러분은 굳이 거울을 들여다보지 않아도 된다.

사실 나와 같은 외계인이 지구상에는 150명이 있다. 현재까지 지구상에 존재하는 프로제리아 아이들의 숫자다. 이 친구들도 어쩌면 각자 사는 곳에서 외계인으로 불리고 있을지도 모르겠다. 난 프로제리아 아이들 중에서 가장 유명한 외계인이다. 하하하!

이제 비밀을 말하겠다.

나는 남양주에 살고 있는 외계인이다.

물속에서
느끼는

나만의 세상

　코로나로 인해 그동안 못 했던 수영을 드디어 올해 5월부터 다시 시작했다. 수영을 다시 시작하게 된 계기는 병원 검사 결과 때문이었다. 분명히 일주일에 한 번씩 운동도 하고 내 나름대로 노력했다고 생각했는데, 여전히 콜레스테롤 수치와 지방간 수치가 높게 나왔다.

　내심 기대한 검사 결과가 생각만큼 좋지 않았던 거다. 왜 그런 건지 곰곰이 이유를 생각해보았다. 그러다 결정적인 원인을 찾아냈다. '일주일에 한 번'만 운동한 것, 바로 그것이 문제였다.

나는 운동 가는 날 말고는 대부분 늦게 일어나 아침을 먹고 집에서 뒹굴거린다. 일이 많을 때는 바쁘기도 하지만, 딱히 할 일이 없을 때는 유튜브를 주구장창 보기도 한다. 그러다가 일주일에 한 번 운동을 하니…… 아무래도 운동량이 적은 편이다. 운동을 하면 확실히 땀도 많이 나고 노폐물이 잘 배출된다. 그만큼 내 건강에 도움이 된다.

병원에서의 검사 결과가 안 좋게 나온 건 결국 내가 평상시에 내 몸 관리를 '스스로' 하지 않았기 때문이다. 무언가 변화가 필요했다. 건강을 위해 몸도 마음도 다잡아야겠다는 생각이 들었다. 이번에야말로 콜레스테롤 수치와 지방간 수치, 이 녀석들을 확실하게 괴롭히고 싶었다. 인간 승리가 무엇인지 제대로 보여주고 싶었다.

언제나처럼 아빠는 나를 위해 내가 다닐 만한 수영장을 이리저리 검색해보고 몸으로(?) 직접 체험도 하고 왔다. 난 피부가 매우 얇아서 수영을 하다 보면 금방 추워지고 온몸이 오들오들 떨린다. 그래서 뜨끈하게 몸을 데워줄 온탕이 있어야 한다. 안 그러면 금세 감기에 걸릴 수 있어서 조심해야 한다. 다행히 물도 깨끗하고 온탕도 있는 수영장을 찾아내서 본격적으로 내 몸을 건강하게 만들기 시작했다.

거의 3년 만에 수영을 다시 시작했다. 오랜만에 하게 된 수영, 왠지 모르게 익숙하고 반가웠다. 일단 물속에서 방심은 금물이기 때문에 얕은 물에서 수영의 감각을 다시 일깨운 다음 차근차근 깊은 곳으로 향했다. 예전에는 깊은 곳에서 구명조끼 없이도 수영을 잘했었다. '다시 그때의 실력으로 돌아가야지.'

너무도 오랜만에 다시 수영장에서 헤엄을 치니 정말 좋았다. 그냥 좋은 게 아니라 정말, 진심으로 좋았다. 부력 때문에 물속에서는 중력이 약해져 내가 더 자유롭게 움직일 수 있다. 마치 무중력 상태의 우주를 돌아다니는 기분이다.

물 밖에서는 몸이 뻣뻣하고 약해서 내가 하고 싶은 대로 막 움직일 수가 없다. 하지만 물속은 왠지 모르게 자유롭다. 몸도 훨씬 더 편안하게 잘 움직인다. 물론 물고기는 아니라서 숨을 쉬러 물 밖으로 한 번씩 나와야 한다. 그래서 더더욱 좋다. 숨을 헐떡이고 심장이 두근두근거리는 이 느낌이!

요즘은 다이빙도 한다. 기본적으로 알고 있는 그 다이빙은 아니고 나만의 다이빙. 하하! 그냥 물속으로 뛰어드는 거지만 나는 다이빙이라고 부른다. 근데 다이빙을 할 때는 요령이 있어야 한다. 무턱대고 물속으로 뛰어들면 낭패를 본다. 코가 아주 맵다.

나도 처음엔 막 뛰어들었다가 여러 번 물을 먹었다. 초반에는 코가 매운 게 싫어서 한 손으로 코를 막고 입수했는데, 이제는 경험이 좀 쌓여서 나만의 요령이 생겼다. 다이빙할 때 굳이 한 손으로 코를 막지 않고, 숨을 '흡!' 하고 참은 다음에 물속으로 쭉 들어가면 코가 아주 편안하면서 기분이 좋다.

내가 다니는 수영장은 경사가 있어서 앞으로 갈수록

물이 점점 더 깊어지는데 최대 수심은 2미터다. 나는 물에 대한 감각이 있는 편이라서 수영장 바닥까지 쉽게 내려간다. 최대 수심까지 쭈우욱 내려가서 밑바닥을 발로 콕 찍고 다시 수면 위로 올라오는 걸 많이 좋아한다. 물의 감촉을 느끼며 쭈우욱 내려갔다가 위로 쑤우욱 올라오는 그 느낌이 좋아서 자주 한다.

아, 걱정은 마시라. 아빠가 항상 내 주변을 감시하는데다 나 역시 유별난 조심성의 소유자라서 안전하게 하고 있다.

수영장을 한 바퀴 돌고 나면 체온이 떨어져서 몸이 추워진다. 그러면 온탕으로 들어간다. 보통의 수영장 온탕은 적당히 체온을 유지할 만한 온도인데, 그 수영장의 온탕은 내가 좋아하는 뜨끈함이 있었다. 온탕에 들어가 있으면 수영장이 아니라 목욕탕에 와 있는 기분이다. 내가 목욕을 워낙 좋아해서 한번 들어가면 나오기 싫어진다.

그렇게 체온이 돌아오면 다시 수영을 시작한다. 나는 자유형을 잘하고 싶은데 마음처럼 잘 안 된다. 사실 욕심

같아선 여러 가지 영법을 다 익혀보고 싶다. 하지만 내 목표는 수영 선수가 아니라 콜레스테롤 수치와 지방간 수치를 떨어뜨리는 거니까 욕심을 버린다. 적당히, 몸에 무리가 가지 않는 선에서 내가 할 수 있는 만큼만 한다.

사실 내 주특기는 평영이다. 나도 몸치는 아니어서 흐름만 잘 타면 굉장히 빠르게 물속을 헤엄칠 수 있다. 잘만 하면 중간에 쉬지 않고 끝까지 완주할 때도 있다. 그럴 때면 엄청나게 숨이 차다. 헉헉대면서 숨을 한 번 고른다. 힘들긴 하지만 내 입은 씩 웃고 있다. 포기하지 않고 끝까지 완주했기 때문이다. 열심히 헤엄쳤으니 또다시 내가 좋아하는 온탕으로 들어간다.

이렇게 두 달 동안 수영을 하면서 결국 내 목표를 이뤄냈다. 한 달 뒤인 6월, 병원에 가서 다시 검사를 했다. 몸이 전보다 더 좋아졌다는 주치의 선생님의 말씀을 들었다. 주치의 선생님은 이 상태라면 약을 먹지 않아도 될 정도라고 하시며 무척 놀라셨다.

역시 노력은 배신하지 않는구나. 정말 뿌듯했다. 하

지만 여기서 끝이 아니다. 난 수영을 멈추지 않을 거다. 또 예전처럼 방심할 수는 없다. 한번 시작했으면 끝까지! 내 몸에 있는 나쁜 것들과 다시 싸움을 시작해야 한다.

그런데 수영장을 계속 다니려면 아빠가 운전하는 차를 타고 가야만 한다. 가끔 굉장히 듣기 싫은 라디오 소리가 들릴 때도 있지만 참기로 했다. 아빠가 나를 위해 수영장에 가주는데 이 정도는 참는 게 맞지……. 아빠 또한 수영을 하면서 같이 힘을 내고 있다.

나는 수영장 밖에서는 뒤뚱뒤뚱 걷지만 물속에서만큼은 자유롭다. 무중력 상태에 놓인 듯 물속을 자유롭게 오가며 헤엄치다 보면 주변이 고요해지면서 아무 소리도 들리지 않는다. 오로지 내 숨소리만 들린다.

숨을 쉬기 위해 다시 물 밖으로 나온다. 그리고 또다시 헤엄친다. 나만의 세상이다. 나만의 능력이다.

나는 오늘도 다시 헤엄치기 시작한다.

이 세상에 태어나길
정말
잘한 것 같아

이 책을 쓰면서 나는 한 번 더 성장할 수 있었다. 물론 글을 쓰다가 힘들어서 깊은 고민에 빠지기도 하고 불안한 마음이 들기도 했다. 쉽게 써진 글도 있고 여러 번 고치며 다시 쓴 글도 있다. 쓰고 다듬고 하면서 시행착오를 겪기도 했다. 하지만 힘든 과정을 거쳐 하나의 결과물을 만들어냈다는 것이 뿌듯하다.

이 책에는 18년을 살면서 내가 가장 하고 싶었던 이야기가 담겨 있다. 내 기억 속에 남은 추억, 내 소중한 사람들의 이야기, 또 내가 좋아하는 것들과 소소한 순간의 감상도 들어 있다. 스쳐서 사라질 수도 있는 이야기지만 이렇게 글로 남기니 뭔가 감회가 새롭다. 마치 내 인생의 조각들이 담긴 기분이다. 있는 그대로의 내가 담긴 느낌이다.

나도 그렇지만, 요즘은 모든 사람이 당연하지 않은 것들을 당연하게 여기고 있다는 생각이 든다. 우리가 하루하루를 살아가고 있다는 것, 그리고 이렇게 살아 있다는 것. 열여덟 살짜리에게 이런 소리를 들으니 어이가 없다고 생각하는 분도 있겠지만, 그래도 한마디 하고 싶다.

이 책을 얼마나 많은 사람이 읽을지 궁금하고 기대되고 긴장된다. 또 내 책을 읽고 어떤 느낌일지도 궁금하다. 사실 나는 책을 잘 읽지 않는 사람인데, 이런 내가 책 한 권을 썼다니 한편으론 그저 신기하다. 좋은 분들과 함께 최선을 다해 이 책을 만들었다. 내가 이렇게 또 하나의 일에 완전히 몰입할 수 있게 해준 터닝페이지 출판사에 정말 감사하다.

아빠의 단순 명쾌함과 엄마의 예민 신중함, 두 명의 성격을 반반씩 닮은 나는 많은 것을 아주 예민하게 느끼면서도 잘 즐기고 또 잘 흘려보낸다. 나는 이 세상에 태어나길 정말 잘한 것 같다. 아니, 태어나길 정말 잘했다.

많은 사람과 만나고 헤어지고, 바다와 산에 가서 자연의 소중함을 느끼고, 맛있는 음식을 마음껏 먹으며 행복해한다. 별거 아닌 일에 짜증을 내다가 〈가면라이더〉 아이템을 사면 한없는 기쁨이 몰려온다. 가끔 기분이 가라앉을 때도 있지만 재미난 드라마를 보거나 음악을 들으면 다시 기분이 올라온다. 또 내 유일한 꿈과 직업인 유튜브를 하면서 성취감을 느낀다. 인간으로 태어나서 많은 곳을 돌아다니고 많은 것을 경험하고 좋은 사람들에게 힘을 받고 또 힘을 낸다.

난 럭키 가이다!

이 세상에는 정말 다양한 사람들이 있다. 나처럼 조금 다르게 태어난 사람들도 있고, 평범하게 태어났지만 상처를 가진 사람들도 있다. 그런 사람들이 내 책을 읽고 힘을 내면 좋겠다. 그 사람들뿐만 아니라 10대, 20대 가릴 것 없이 모든 사람이 책을 읽어주기를 바란다. (만약 나처럼 책에 관심이 없다면 굳이 안 사도 된다. 흐흐!)

각자 하는 일이, 하루하루가 항상 쉽지는 않겠지만 그래도 잘됐으면 좋겠다. 그리고 행복했으면 좋겠다. 오늘 하루를, 내일을 잘 버텨내고 즐기면서 살았으면 좋겠다!

마지막으로 내가 좋아하는 〈가면라이더 기츠〉 마지막 화에 나오는 주인공의 명대사를 여러분에게 들려주겠다.

"분명 이루어질 거야, 계속 바라는 한.
이 세계도, 사람도, 행복해질 수 있어."

럭키 가이로부터

놀라고 놀랍다

-나태주(시인)

　어제 오후의 일이다. 문학관에 머물며 우편물을 정리하고 있는데 손님이 왔다고 문학관 직원이 알려 왔다. 나는 무심히 저고리를 찾아 입고 큰방으로 향했다. 사전 정보가 없었으므로 다만 누가 왔겠지, 그렇게만 생각하고 큰방으로 들어갔을 때 나는 적이 놀라는 마음이었다.

　젊은 남녀 두 사람과 노인 한 사람이 거기 있었다. 그런데 노인은 키가 너무 작고 몸집이 너무 작은 사람이었다. 일단은 노인과 악수를 하고 왜 오셨는지를 물었고 두서없이 이런저런 이야기를 나누었다. 이야기가 매우 혼란

스러웠다. 이야기는 엎치락뒤치락하면서 천천히 정상을 찾아갔다.

알고 보니 그 키가 작고 몸집이 작은 노인은 홍원기라는 18세 소년이고 중년의 듬직한 남성과 여성은 원기 군의 부모라 했다. 다시 한번 놀라는 마음이었다. 아, 세상에 이런 가족 구성이 다 있구나! 그들은 나에게 원기 군이 소아조로증이라는 세계적으로도 희귀한 질병을 앓는 사람이라는 걸 알려주었다. 또 다시 놀라는 마음이었다.

소아조로증! 어쩌면 나는 그런 단어를 한두 번 바람처럼 스쳐 들었을지 모른다. 아주 먼 곳에 있는, 나하고는 전혀 관계가 없는 단어로 전혀 실체가 없는 말이었다. 그런데 그 말을 증명해주는 장본인이 내 앞에 있고 그들의 가족이 또 옆에 있지 않은가! 다시 한번 놀라는 마음이었다.

알고 보니 원기 군은 이미 작가였다. 아버지 되는 분과 함께 책을 한 권 출간했고 이번에 또 새로운 책을 출간하려는 참이었다. 이런저런 이야기 끝에 정리된 원고를 보여주었다. 원고를 받아 빠르게 책장을 넘기며 몇 군데 읽어보니 의외로 문장이 맑고 깔끔했다. 그동안 나름대로 내면의 수련이 있었음을 알려주는 증거였다.

그뿐만 아니라 원기 군은 피아노 연주를 아주 잘하는 사람이라면서 핸드폰에 저장된 동영상을 보여주었다. 그 또한 놀라운 일이었다. 원기 군은 키와 몸이 작은 만큼 손가락도 매우 짧았는데 그 짧은 손가락으로 매우 수준 높은 피아노곡을 명쾌하게 연주하는 것이었다. 또다시 놀라는 마음이었다.

한 시간 넘게 마주 앉아 이야기하면서 세 사람에게서 받은 인상은 슬픔이나 절망이나 원망 같은 마이너 감정이 아니라 밝고 환한 메이저 감정이었다. 그들 가족은 오히려 앞날의 소망이나 그 어떠한 계획 같은 것을 많이 가지고 있었다. 특히 원기 군의 명랑함이 눈부셨다. 그는 내면적으로는 아직도 천진한 소년 그대로였다. '나는 영원히 소년이고 싶어요.' 그렇게 말하는 원기 군이 또다시 놀라웠다.

이미 이들은 아주 많은 어둠과 절망의 강물을 넘어 나름대로 새로운 희망의 땅을 찾아낸 것이 분명했다. 나의 나이는 78세. 원기 군의 나이는 18세. 60년 차이가 나지만 나보다 더 늙어 보이는 원기 군 앞에서 나는 무엇을 발견했고 어떤 감정을 가졌을까? 아직도 살아 있는 목숨에 대한 감사와 생명에 대한 무한한 존경과 사랑을 다시금 깨닫고 가슴 가득 심호흡해야만 했다.

그래, 살아보자. 살아보는 거다. 숨이 남아 있는 순간까지 열심히 살아보는 거다. 아니, 숨을 쉬어보는 거다. 그보다 더 좋은 방책은 아무것도 없다. 가까운 것을 사랑하고 자기가 하고 싶은 일, 좋아하는 일을 하면서 될수록 즐겁게 아름답게 살아보는 거다. 아마 그것이 원기 군의 삶의 방식이 될 것이고 나의 삶의 방식이 될 것이다.

그렇다면 원기 군과 내가 전혀 공통점이 없는 것도 아니다. 우리는 이렇게 지구 위에서 어렵게 만나 친구가 되었고, 인생이라는 낯설고도 먼 길을 함께 가는 사람들이 되었다. 원기 군의 부모에게 위로와 축복을 드리면서 원기 군에게도 힘겹지만 아름답고 유익한 인생 여행을 잘해주기를 당부드리고 싶다.

더불어 독자분들도 이 책을 통해서, 원기 군의 삶과 생각과 고백과 충고를 통해서, 스스로 행복한 사람이 되고 자신의 인생을 따스하게 보듬어 안는 정다운 사람, 현명한 사람이 되기를 소망한다. 우리는 모두 지구에 잘 온 사람들이다. 이 한 번뿐인 지구 여행을 아주 열심히 아름답게 마치고 나서 지구를 떠날 일이다.

잊지 않았으면 좋겠다.

당신은 아름다운 사람이라는 것을.

이 지구에 태어난 것이

의미 없지 않다는 것을.

1판 1쇄 인쇄 2023년 11월 20일
1판 1쇄 발행 2023년 11월 28일

지은이 욘니
발행인 김정경
책임편집 조여름   **교정·교열** 김광현   **마케팅** 김진학   **디자인** 형태와내용사이

발행처 터닝페이지
등록 제2022-000019호
주소 04793 서울 성동구 성수일로10길 26 하우스디 세종타워 본동 B1층
　　　101/102호
전화 070-7834-2600   **팩스** 0303-3444-1115
대표메일 turningpage@turningpage.co.kr

· 잘못된 책은 구입하신 서점에서 바꾸어 드립니다.
· 책값은 뒤표지에 있습니다.